时光不眠

蒋宜茂 · 著

重庆出版集团　重庆出版社

图书在版编目(CIP)数据

时光不眠 / 蒋宜茂著. —重庆:重庆出版社,2024.1
ISBN 978-7-229-18330-1

Ⅰ.①时… Ⅱ.①蒋… Ⅲ.①诗集—中国—当代
Ⅳ.①I227

中国国家版本馆CIP数据核字(2024)第033373号

时光不眠
SHIGUANG BUMIAN
蒋宜茂 著

责任编辑:李云伟
责任校对:杨　婧
封面设计:孙俊倩
装帧设计:百虫文化

重庆出版集团
重庆出版社　出版

重庆市南岸区南滨路162号1幢　邮编:400061　http://www.cqph.com
重庆豪森印务有限公司印刷
重庆出版集团图书发行有限公司发行
E-MAIL:fxchu@cqph.com　邮购电话:023-61520417
全国新华书店经销

开本:787mm×1092mm　1/16　印张:17.25　字数:250千字
2024年5月第1版　2024年5月第1次印刷
ISBN 978-7-229-18330-1
定价:56.00元

如有印装质量问题,请向本集团图书发行有限公司调换:023-61520417

版权所有　侵权必究

时光不眠

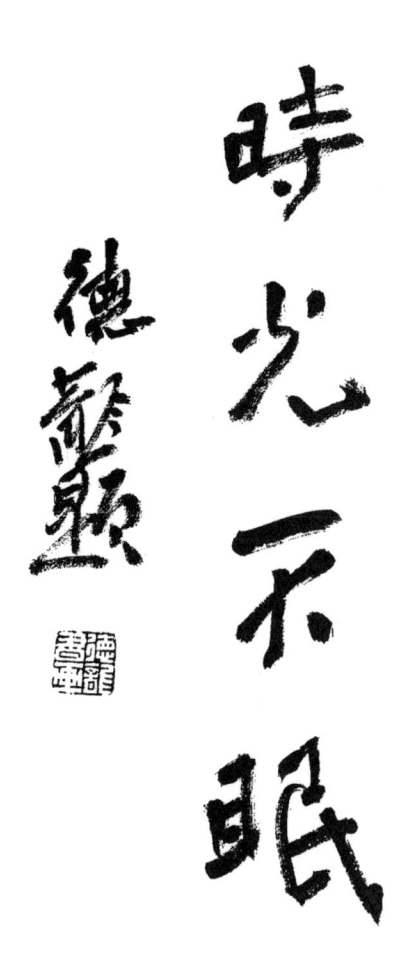

著名书画家中国农工民主党中央书画院
副院长卢德龙先生题写书名

新月已生飞鸟外

——蒋宜茂诗集《时光不眠》序

叶延滨

友人荐来重庆诗人蒋宜茂诗稿《时光不眠》，诗稿中见到重庆著名诗人对蒋宜茂的评价："诗人蒋宜茂是一个拥有诗歌百宝箱的行者，读其诗，观其人，体其思，我们很容易在他的诗歌中寻找到各自所需，能够迅速进入诗人所建造的诗意世界。"引起了我的兴趣。蒋宜茂是中国作家协会的会员，可见他的作品已得到社会公认。我以前对他的作品读得不多，读到这本诗集，知道他已从职场一线退休，把自己近些年写作的诗篇集结成书。难得有机会了解这位一辈子爱诗写诗的诗人，分享他的诗篇，也探求这位长期只能业余写作的诗人，为什么能坚持自己的初心，与诗为伴，不离不弃。说实话对于所有坚持写作的诗人，无论在写作上成就高低，都值得关注，为他点赞。细读诗人蒋先生的诗稿，常为他的作品感动，于是写此文章，不是走过场——解读诗人的作品，是想与关注蒋先生创作的读者朋友，分享我读了诗人这本诗稿后的一些感想，同时也与蒋宜茂先生共勉。

诗人蒋宜茂在写作手法上走的是坚守传统之道，守正创新，注意诗歌的韵律与节奏，注重意象和意境的营造。诗人并不是当下诗坛的弄潮儿，不是现代派，也非追风者。他更多的是为自己写作，言为心声，是蒋先生诗歌的第一特点。正因为如此，他的诗真实自然，不装神弄鬼，也不故作高深，直抒胸臆，使我们读其诗，知其心。这为我们与诗人发生情感上的交流提供了重要前提，同时也让我们了解诗歌如何与蒋先生相伴而行。诗人一生都爱诗写诗，值得读者朋友关注的重点，是他对诗歌始终抱有敬畏之心。在《敬畏春意》这首诗中，表达了他的敬畏之情："我不会轻率或贸然/以诗的名义书写春意。/固执地以为/'春'不可以'踏'，/'青'也不可随意'踩'。//孕育生机，复苏万物的气魄/无以复加与伦比。/行走旷野，穿越丛林，/博大深邃的法则，明眸闪烁。/一串串形容词，缠绵枝头，/鲜活灵敏的动词/牵手无数名词，/在风中漫飞飘洒，俯首即拾。//小心翼翼，捧着春酿出的诗句，哪怕只言片语，/顺风吟咏，聆听春的发动机/悄然奏响不竭的韵律。/众生苍茫，对春的感佩与敬意，亘古不息，在天地间氤氲生机……"我们通常把春意与诗意相提相比，我从敬畏春意中感到了诗人对诗歌的敬畏。这是一个好诗人必备的诗心。无敬畏可以写出惊世之句或者轰动一时的诗歌，然而少了敬畏之心，最终必将成为凋果或残叶，在不眠时光的淘洗后泯于烟尘。诗人这种真诚的敬畏之心，使他面对生活，面对大自然和面对自己，都真实而坦诚，写出的诗篇力求明朗向上，不晦涩，不阴暗。读者走进诗篇也有了走进诗人内心的机会。

作为一个与诗为伴的人，一生与诗为伴，最重要的理由是什么？是内心的孤独感。无论是对影成三人的李白，还是今天生活在都市里挤地铁的我们，都难以避免，特别是那些从职场上退回家中的人们，这几乎是难以逃脱的宿命。蒋宜茂在诗中写道："夜空迷离/月亮只睁开一只眼。/星辰各就各位，/静待浮云检点。//离楼顶最近的那颗星/似乎不合群。/一只幼稚的夜莺/在万年青树梢飞旋。//善良的灵魂/用爱铸就开关。/星光与眼眸对视，/夜莺的歌声/嘹亮动听。/清风自峡谷/涌来/驱散星辰孤独的皱纹。"最后一句就是这首诗的题目《驱散星辰孤独的皱纹》。诗人显然不是在写星星，而是在写自己或某个特定对象。也许孤独的自己好像不合群，其实选择了诗歌就在努力摆脱心灵和灵魂的孤独，与先贤对话，与天地万物为友，用爱铸就开关，诗歌寻找知己。这是人生重要的醒悟，也是战胜孤独的心灵瑜伽术。蒋宜茂在诗歌中表达的人生体验，对读者是会有启发的，诗歌不是谋生的职业，选择诗歌是选择一种生活方式和生活态度。我总在说，诗歌是一种向前看的艺术，其实对于上了点年纪的人，很多时候也是回忆一生的一种方式，三省其身，求善求仁。正如诗人的这首诗《寻找记忆》："昨夜的雨，似乎不够理智。/跨越了随风潜入的线路，/演示着闯入的步履，/楼顶 雨棚 窗棂，鼓点轰鸣。/一树槐花，洁白的光晕，/风雨中黯然失色。/清晨，几只鸟的怨声，/陷入满地星星叠加的碎片。//小区大门旁与天宫殿公园的榕树，/不规则的根须，似渔网罩住土石，/无孔不入与得寸进尺并行，/固守住健硕的身躯。泛黄的叶片，/无论厚薄，依依纷飞，/寻找植根入土时的记忆。"人到了退休的年纪，无法回避的心态之一，就是常常回忆往事。不堪回首是苦，重温初心是甜。善恶自知，人在做，天在看，心里明白。说到底只有内心坦荡的人，才愿意回首往事，因为奋斗过，追求过，真爱过，无论成就大小，回首皆风景。诗人写回忆是自信，诗人主要的姿态还是向前看。向前看换句话叫诗与远方，那就是生命力和创造力引导的结果。换个说法，诗歌是心灵的歌唱，但唱得怎么样，很重要的一个标志，就是诗人的想象力如何，如果没有想象力，不能给你笔下的事物以崭新的意象，这样的诗歌就无法征服读者。蒋宜茂在作品中依然有出乎意料的想象力，比如《海浪》这首诗："海的发际线/托着天微笑的脸，/胸腹涌动的浪，/未曾滔过天，罕有风平浪静。//浪潮抛出的曲线，/成五线谱蝶变。蓝底白练，律动兼融，/袒露心声，无需罩隐。//一浪高过一浪，/前浪斜躺沙滩。/大浪淘洗过的沙，/依旧泛着黄光。/粒粒相拥，聚散自助，/海市蜃楼的机理/演绎聚沙成塔。/千古海滩，痴情远眺天涯。"这首写景的诗不错，写大海的诗歌不可计数，这首诗开头的两句："海的发际线/托着天微笑的脸"就没有人写过。用发际线形容远方的海浪，有想象，也新颖，让整首诗都鲜活了。在诗人的两行三行的短诗中，更能看出诗人的想象力和创造力。比如两行的《写诗》："他在云雾里觅语造句，你在池塘边拾意洗词。"对仗工整，炼字精到，形象生动，显示出诗人的传统诗学功底。再比如三行诗《生活》："白昼，被生活牵着鼻子走，/深夜，将累弯的脊柱放平，/灵魂自由出窍，天马遨游……"简洁生动，浮想跳跃，让人过目难忘。诗人向前看的姿态，不仅表现在丰富的想象力和意象创造能力，还在于对新生事物敏感度高和对生活独特的观察能力，诗作《朋友圈》就是例子："曾经在甲方岗位，/拗不过乙方性质的盛情，/逐年添加微信'朋友圈'。/记不清互发的内容，/时常收到密集的赞音。/转岗乙方，/'朋友圈'渐生清凉，/销声匿迹勿用商量。/频见留存的部分'朋友'，/只给群里甲方人士与年轻女性/发出火焰般的符号。/不曾有感伤，/核查了'朋友'/'朋友圈'的本义，/梳理手机固有的容量，/把僵硬的'朋友'抬出驿道。"手机微信朋友圈这类社会新事物，进入了诗人的诗歌，尽管这首诗还有些浅显急就的痕迹，但值得肯定。特别是从职场一线上退下来的诗人，这种对新事物抱有的热情，实在可贵。我们楼里的一个邻居，退休后，因为不会用网络购物、订网约车等新事物，早早地住进了养老院，正是"朋友圈"这样的一些软件，让人们有可能延长社会生活的时间和空间，真正做到了"但愿人长久，千里共婵娟"。与诗为伴，就可能一生富有想象力并且对新事物敏感而有热情。

在传统诗词中，行吟诗是一个重要的题材。蒋宜茂的作品中，行吟占了很重的份量。因为有了诗歌，眼中的山水有了性情。因为走近了山水，笔下的诗歌有了山水的灵性。不读诗歌的人游山玩水就是消遣时光而已。写诗爱诗的蒋宜茂行吟山水，与山水共情，山水让诗人读懂了人生，诗歌让诗人更懂山水。他出国旅游的《过柏林墙遗址》是一首精炼而有丰富历史感的佳作："脚步声川流不息，/伴着寒风的呼啸，/和着莱茵河的波涛，/淹没了柏林墙的残垣。/驻足攒动的人头，/将一束束含刺的光，/投射到带血的残垣上，/在一幅幅涂鸦里沉淀发酵。//那些越墙丧命的残忍/与洪流决堤、墙倒的欢欣，/糅和成一团泥，/嵌入了莱茵河的长堤。/南来北往的游人，/不经意地踩着柏林墙/刻下的痕迹，/怀揣沉重的记忆，/向绿树掩映的大街奔去……"柏林墙的倒塌，标志着德国的统一，更重要的是冷战时代的结束，这是一个世界性的大题目，诗人回避了空洞的议论，从眼前川流不息的游人联想到曾经的血腥日子，引而不发，点到为止，极简之笔墨写出宏大世界的时代变迁。诗人更多的是在国内行走留下的诗篇，其中《天台山即景》写得有声有色，眼前风景与历史回望，叠印出丰富的文化内涵："徐霞客三登天台山的足迹/在古道深处扎根叠印。/《游天台山日记》打开了/《徐霞客游记》的大门。/明代那个英姿勃发的身影，/手握天台山的一串密码/穿越华顶丛林，/掠过千树万花闪电。//谷壑长出的雾气/争先恐后向华顶弥漫，/归云洞口徘徊，/湿润了葛玄的衣衫，/肆意与如织的游人纠缠。/杉树笔直列阵，/凝视漫山杜鹃的笑靥。/常青藤紧抱伛偻老树的颈/尽情缠绵，/黯淡了路人的脚步声。//沸腾的茶香袅过屋顶，/窗外洒落一地鸟鸣。/来来往往的浮云，/

从不对它俯瞰的事物说再见。"这首诗好，就好在写出了天台山的禅味。天台山多雾，我曾去过天台山，华顶上的浓雾和雾中的树影也为我留下深刻的印象。云雾、树影、茶香、鸟鸣营造的意境，十分恰当地传递了天台山之美。

人生就是一次手持单程票的长途漫游。诗人是行者，是歌者，更是一位修行者。与诗为伴的蒋宜茂，用笔记下他人生中值得留下的美好与真诚。每一次写作过程都变成了向着真善美境界的跋涉。写诗也许需要天分，天才成就大诗人，然而对于更多的写作者而言，写作更需要修炼，写作是向着真善美的长途跋涉，是不断提升自我境界的觉悟与自省。许多诗人不明白这一点，他们也许写过一些优美诗篇，但不明白这一点，难以成为一个好诗人。让我感动的是蒋宜茂是明白人，他的写作就是向着真善美的攀登，他明白写诗就是人性的修行。所以他有这样一首诗《我的道场》："老屋背后的山岗/俯瞰或平视石墙院全貌。/儿时牵牛羊啃露水草/静候日出东方。/辘辘饥肠爆发童声琅琅，/满坡野草与幼树/晨风中加持鼓掌。//几十年了，这道山梁/回老家必进的课堂。/荒山缀满翠柏，/掩隐老一辈村民的脊梁。/父母坟茔上摇曳的枯草，/风霜里浅吟低唱。/故土的坡坡坎坎，/铸就我修行的道场。"这首诗奠定了诗人的精神高度与诗歌品格。海德格尔说："诗人的天职是返乡。"用蒋宜茂的话翻译一下就是：我用诗歌修行的道场是故乡的山水与父母的坟茔。这首诗表明了诗人对诗歌的清醒认识，把握了诗歌精神的要领，是一个理解诗歌大义并且能把握自己创作姿态的诗人。因此，我相信他的读者也会读懂他的诗歌，走进他的精神世界——一个好诗人的追求与向往。

是为序。

2023年11月于北京初冬

叶延滨，当代诗人、作家、评论家。历任四川《星星》主编、中国作协《诗刊》主编、中国作协诗歌委员会主任。现已出版诗集、文集共54部。代表诗作《干妈》获中国作家协会（1979年—1980年）优秀中青年诗人诗歌奖，诗集《二重奏》获中国作家协会（1985年—1986年）第三届新诗集奖，其余诗歌、散文、杂文曾先后获四川文学奖、北京文学奖、十月文学奖、青年文学奖等近百余种文学奖。作品先后被收入国内外600余种选集。

目 录

时光不眠

时光不眠（组诗） ·················· 002
  时光不眠 ·················· 002
  黄昏时光 ·················· 003
  成　色 ····················· 004
  不可轮回的四季 ············ 005
  怀疑自己的年轮 ············ 006
  时光长相 ·················· 007
  仍在找寻自己 ·············· 008
  耳　顺 ····················· 009
  定数与变量 ················ 010
  定　理 ····················· 011
  登　场 ····················· 012
  秋夜湖畔 ·················· 014
  回　眸 ····················· 015

敬畏春意（组诗） ·················· 016
  敬畏春意 ·················· 016
  春　光 ····················· 017

景　象 …………………………………………… 018

　　夜宿黄瓜山 ……………………………………… 019

　　寻找记忆 ………………………………………… 020

十方界书（组诗） ………………………………… 021

　　十方界书 ………………………………………… 021

　　抵　达 …………………………………………… 022

　　槐花零落 ………………………………………… 023

　　鉴　别 …………………………………………… 024

　　想念胡杨 ………………………………………… 025

　　那只鸟 …………………………………………… 026

　　鸟　窝 …………………………………………… 027

　　蜜蜂与太阳花 …………………………………… 028

　　情人节日记 ……………………………………… 029

　　辨识鸟鸣 ………………………………………… 030

驱散星辰孤独的皱纹（组诗） …………………… 032

　　驱散星辰孤独的皱纹 …………………………… 032

　　父与幼子登山 …………………………………… 033

　　陪孙子参加培训记感 …………………………… 033

　　代　沟 …………………………………………… 034

　　问　题 …………………………………………… 035

女儿小家迁居礼嘉 ………………………………… 037

礼嘉华侨城遇见 ························· 039

海 浪（组诗） ·························· 041

  海 浪 ····························· 041

  海 风 ····························· 042

  椰 林 ····························· 043

  听 说 ····························· 044

  与浮云对视 ······················· 045

  我的道场 ························· 046

段 落 ·································· 047

壬寅防疫杂记（组诗） ················ 054

  白露日记 ························· 054

  核酸检测 ························· 055

  周四的内疚 ······················· 056

  变 码 ····························· 058

  寒露记略 ························· 059

  隐 身 ····························· 060

  期盼一场雪 ······················· 061

滨江秋韵（组诗） ······················ 062

  滨江秋韵 ························· 062

  高家镇 ··························· 063

  过琢成学校 ······················· 065

那些爬墙虎（组诗） ········· 067
  那些爬墙虎 ················ 067
  巫峡红叶 ·················· 068
  遇见一片鹅卵石 ············ 069
  冬日城中那道山梁 ········ 071

交心（组诗） ··················· 073
  交　心 ····················· 073
  心　事 ····················· 074
  元宵日记 ·················· 075
  逢年祝辞 ·················· 076
  场　景 ····················· 077
  情　境 ····················· 079

清　楚（组诗） ················· 081
  清　楚 ····················· 081
  安　稳 ····················· 082
  保险柜 ····················· 083
  常　态 ····················· 084
  体　会 ····················· 085
  导　向 ····················· 086
  水　分 ····················· 086
  沟　通 ····················· 087
  微信朋友圈 ················ 088
  厘　清 ····················· 089

逻辑（组诗） ··· 090
　　逻　辑 ··· 090
　　寻　祖 ··· 091
　　中秋夜 ··· 092
　　秋　分 ··· 093
　　伊之梦 ··· 094
　　十字路 ··· 095
　　锻　炼 ··· 096
　　蒋地的怀望 ··· 097
　　远方的惦念 ··· 098
　　过柏林墙遗址 ·· 099
　　语　雾 ··· 100
　　渡与度 ··· 101
　　彷　徨 ··· 102
　　地质人 ··· 103

微言诗思

二行诗 ·· 106
　　年　少 ··· 106
　　年　暮 ··· 106
　　认　知 ··· 106
　　知　己 ··· 107
　　情　面 ··· 107

005

太　阳 …………………………………… 107
稻草人 …………………………………… 108
燕　巢 …………………………………… 108
隐　患 …………………………………… 108
流　言 …………………………………… 108
预　防 …………………………………… 109
焦　点 …………………………………… 109
分　泌 …………………………………… 109
管　理 …………………………………… 109
禅　茶 …………………………………… 110
写　诗 …………………………………… 110
决　定 …………………………………… 110
如　果 …………………………………… 110

三行诗 …………………………………… 111

任　务 …………………………………… 111
难　关 …………………………………… 111
善　谈 …………………………………… 111
家　字 …………………………………… 112
情　缘 …………………………………… 112
汗　流 …………………………………… 112
对　视 …………………………………… 113
雨　景 …………………………………… 113
夕　阳 …………………………………… 113
落　叶 …………………………………… 114

老榕树	114
河滩石	114
日　子	115
存在感	115
现　象	115
空　调	116
高压锅	116
刀砧板	116
餐　桌	117
伞	117
酒	117
冲　动	118
成　熟	118
智　慧	118
放　下	119
境　界	119
斑马线	119
路　灯	120
宝　剑	120
真　相	120
机　遇	121
体　裁	121
价　值	121
回　答	122

四行诗 ·················· 123
　　协调会 ·················· 123
　　电风扇 ·················· 123
　　蝉 ······················ 124
　　诗人 ···················· 124
　　转　段 ·················· 125
　　成　长 ·················· 125
　　脸　熟 ·················· 126
　　衰　老 ·················· 126
　　玻璃心 ·················· 126
　　古树茶 ·················· 127
　　代　谢 ·················· 127

五行诗 ·················· 128
　　父亲节 ·················· 128
　　星　星 ·················· 128
　　蚕 ······················ 129
　　签字笔 ·················· 129
　　洗　头 ·················· 130
　　驱逐马蜂 ················ 130
　　三角梅 ·················· 130
　　时　钟 ·················· 131
　　记　梦 ·················· 131
　　夏夜喜上楼顶 ············ 132
　　含　义 ·················· 132

微言诗思 ·· 133
　　人行天桥 ·· 133
　　措　施 ·· 133
　　机　制 ·· 134
　　风 ·· 134
　　自　见 ·· 135
　　月　亮 ·· 135
　　误　入 ·· 136
　　回眸与环顾 ·· 136
　　到　站 ·· 137
　　心　念 ·· 137
　　道　别 ·· 138
　　往　事 ·· 138
　　夏晨林韵 ·· 139
　　做　主 ·· 139
　　诗 ·· 140

新韵拾零

南天湖（组诗） ·· 142
　　南天湖 ·· 142
　　天湖瑶池 ·· 143
　　我惦念她的冬天 ······································ 145

石头城 …………………………………… 146

　　轿子山 …………………………………… 147

　　厢坝名湖社区观日落 …………………… 148

　　厢坝的风 ………………………………… 149

　　夏居厢坝 ………………………………… 150

　　丰都，一生的牵挂 ……………………… 152

梁平书（组诗） ……………………………… 153

　　七年后的遇见 …………………………… 153

　　双桂湖畔 ………………………………… 154

　　百里竹海的笛音 ………………………… 156

　　梁山驿 …………………………………… 157

　　寺前石狮 ………………………………… 159

　　夜吟双桂湖 ……………………………… 160

金佛山云雾（组诗） ………………………… 162

　　登临金佛山 ……………………………… 162

　　金佛山云雾 ……………………………… 164

　　那夜，请苍茫赐教 ……………………… 165

　　云都村的脉纹 …………………………… 167

　　游　离 …………………………………… 168

　　金佛山冬韵 ……………………………… 169

　　金佛山油茶 ……………………………… 170

　　客头渡镇 ………………………………… 171

　　夜宿南川东街 …………………………… 172

山王坪（组诗） ······174
山王坪 ······174
杉林时光 ······175
立秋日晨之山王坪 ······176
风电风筝 ······177

春的鼻息（组诗） ······178
春的鼻息 ······178
与槐树对视 ······178
槐树无言 ······179
矿山绿韵 ······180
过金刚碑古镇 ······181
致长安民生 ······182
铜罐驿记略 ······184
英雄湾村的遇见 ······185

新疆行（组诗） ······187
过乌鲁木齐 ······187
大巴扎的入伏夜 ······188
拜见天山博格达峰 ······189
马牙山即景 ······189
盐　湖 ······190
穿越火焰山 ······191
过吐鲁番 ······192
葡萄沟的笑靥 ······193

漫步石河子街头……194
　　"雅丹"与"世界魔鬼城"交集……195
　　在禾木村邂逅慢时光……196
　　遇见雨中的喀纳斯湖……198
　　夜访额尔齐斯河……199
　　与可可托海有约……200

山东行（组诗）……202
　　与趵突泉对视良久……202
　　过寿光巨淀湖……203
　　又见崂山……204
　　滨海拾景……206
　　拜谒孔庙……207

山西行（组诗）……209
　　拜鹳雀楼……209
　　谒关帝庙……210
　　秋风楼……211
　　运城寻根……212
　　应县木塔……213
　　打卡快乐村……215
　　万年冰洞……216

青海行（组诗）……218
　　徜徉茶卡盐湖……218

过青海湖 ………………………………………219

　　夏客西宁 ………………………………………220

　　临窗听蝉 ………………………………………221

兰州遇大雨 …………………………………………223

东北行（组诗）………………………………………225

　　中秋夜客葫芦岛 ………………………………225

　　初识东北澡堂子 ………………………………226

　　览东北虎园 ……………………………………227

天台山即景 …………………………………………229
夜宿邻水铜锣山 ……………………………………231
无　　眠 ……………………………………………232
江　　岸 ……………………………………………233
初见明月湖 …………………………………………235
又见外滩 ……………………………………………237
过武汉 ………………………………………………238
拜读黄鹤楼 …………………………………………240
赴约姑苏 ……………………………………………242
寓居博鳌镇 …………………………………………245

后　　记 ………………………………………… 247

时光不眠

时光不眠（组诗）

时光不眠

夕阳从容返乡，
洗尘歇息，
弦月居家轮休。
星辰微眯眼睛，
夜穿上了黑色睡袍。

风漫步林间，
雨栖居云层度假，
雷电伺机隐身。
车憩站台，船泊码头，
江河矢志与大海相拥。

飞禽归途穿破雾霭，
时光俯仰，检视众生，
缄默不眠。

澄澈睿智的眼睛，
剪辑储存属于自己的画面。

黄昏时光

满树金黄的光，
在碧绿的叶片间绽放。
秋雨淅淅沥沥，
桂花卸下浓妆。
黄昏正陷入彷徨，
花香打湿了我的衣裳，
夜色里仍是花的芬芳。

拾起枝上摇落的花朵，
恰似守候朦胧时光。
忆起青涩的年华，
母亲所有的慈祥，
洒在你我身上，
注视你清澈的眸子，
闪烁着顽皮的拾花模样。

成　色

久居闹市，
对黄昏已不太在意。
明亮的华灯驮起
深陷的黑夜。

一排排金黄的银杏树，
与飘落的黄昏重叠。
寒风轻抚蹲守枝丫的叶片，
呢喃着返青的密码。
我在树下侧耳倾听，
踏上暮雪里的班列。

我们沉淀的过往
不比一树的叶子少，
故事绽放的成色，
却逊于满树金黄。

不可轮回的四季

春始冬终，百年人世，
四季分晓，红尘路遥。
恍惚之间，天地渺渺。

二十五岁前的酸涩赶跑，
莽荒田野，春耕扶苗。
五十岁期的上下求索，
来往穿梭，一片夏景葱旺。

七十五岁档的恬淡风轻，
笑谈秋收金黄。
百岁之际的回眸，
袭来无奈的雨雪飘摇。

日月瞪大眼睛，
星辰任浮云徜徉。
芸芸众生，昼夜不舍，
排列组合与各就各位，
躬身绘就出

殊途归尘的写真模样。

怀疑自己的年轮

槐树秃顶，雨雪霏霏，
暮春落红，劳燕分飞。
我看到自己的年轮
已画到甲子圈。

对镜凝视
两颊竟泛红晕
忘却酒精的助威，
或是血压失衡，
陪小孙子嬉戏扮猴脸。

夜深人静，
捧着猩红的心独自翻检。
常有诗句光临，
彼此深情相拥，
怡然看见
自己正迈向天命之年。

时光长相

窥见时光的长相
永恒刻板又变幻无常。
朝夕相处，日夜相拥，
来去匆匆，似变脸恋人的心绪
阴晴与圆缺，捉摸不透。

身躯高大魁梧时，
仰望不到头，
纤细袅娜时，
触摸不了明镜般的脸。
你昼夜里的言行举止，
虔诚与恍惚，
粗犷与精微，
丑恶与善良，
躲不过她敏捷如闪电的眼神。

仍在找寻自己

窗外的山峦绵延不语，
看惯四季轮回。
绕城的江水昼夜不息，
音频随时节吟唱出肌理。
候鸟穿云拨雾不必问路，
南来北往的声调依然悦耳。

暴雨中行人多有惊呼，
唯大小雨伞绽放无言，
犹如晴天在墙角独自修行。
古街巷躺平的青石板，
储存着风霜雨雪的密码，
车马悉数颠簸踏过，
未曾泄密叹息。

岁月这个不倒翁，
从不唠叨絮语，
自顾沉淀潮汐。

红尘翻滚喧嚣，
我仍在黄昏的暮霭中
呼唤着找寻自己。
用澄澈碧净的湖水，
将黏附的尘烟轻轻擦拭。

耳 顺

风跑在前面，
雨追着赶来，
它们来路幽远模糊。

一道闪电撕碎了悬浮的乌云，
几个响雷炸裂，
在照母山麓翻滚，
徘徊在大榕树的枝丫间。

我伫立窗前，
调成静音模式，
风雨肆意纠缠追逐。
被楼顶雨棚拦截，鼓点轰鸣，

敲出的檐水列行成线。
大而密时，触地成溪，
纷纷向低洼处拥挤。

烟雨迷蒙，若即若离，
风雨互怼的话语，
无从分辨。
几十年练就的兼容视听，
渐次遁入耳顺的波频。

定数与变量

红尘渺茫，
相遇的事物与情缘，
如一树碧绿，
在高低的枝丫间
摇曳守望。
风雨洗涤，
鸟鸣喧嚣，
耐不住叶黄
与风吹飘荡。

"一切都是最好的安排",
绝非宿命疗伤。
演绎的碰撞与过往,
集合成沿途
熟悉或陌生的定数,
解构着冥冥中
缘聚缘散的变量。

定 理

交际与沟通
惯用引申义,
与品性关联,
由底蕴涌动。
相吸　相斥　相依　相融
恰似婚前婚后定理。

越不过相斥阶段,
终究分道扬镳。
进入了共生境界,
会相濡以沫。

错过了,就是机缘流失,
无论是否擦肩。
过错是过了边界,
边界外的尺度,
丈量出错的深度。

天空灰蒙
尘埃悬浮,
风摇雨涤,
扎根红尘的树
独自隐忍越冬
期盼枝叶葱茏。

登 场

午后的艳阳
热烈奔放,
晒红了玻璃的面庞,
洒下半屋金黄。
沏一杯明前春茶,
独享静谧时光。

时光不眠

茶叶蜷缩,腰身丰盈,
任沸水冲洗浸泡煎熬。
玻璃杯明亮的眸子
凝视翻滚　升腾　跌撞。
锻造青春
激荡　抒怀　绽放。

叶片相似,叶脉各异,
圈在杯水里释怀沉浮
站立　降落　回望。
心生莫名彷徨,
不再用透明茶杯徜徉。
换成瓷杯,不见不伤。

挤出最后一缕馨香,
有尊严地抱成一团。
小心翼翼选择茶树丛,
默默将它们埋葬。
期待有序转世,
与春风相伴,闪亮登场。

秋夜湖畔

码头陈旧，黄叶零落。
岸草枯萎，泊船摇曳，
霓虹戳穿袅娜的白雾。
载满诗和歌的船舱
频频从窗口溢泄。
静谧的湖面
闪烁出碧水环绕青峰的画卷。

我洞见峭壁间
那棵肖然挺立的不老松
翠发童颜。裸露的须根
抱紧岩石，缓缓向缝隙递进。
俯瞰与仰视，峡谷亘古幽深，
溪流浅唱与低吟，波光未曾嬗变，
独自欣赏四季轮回的倒影。

回 眸

天地亘古，世事沧桑。
万物消长，人际无常。
酸甜苦辣，生活长相，
众生芸芸，花开别样。

柏拉图吹出的薄雾
在凹凸处袅绕。
四季心花绽放，
翻越的山鸟语花香，
蹚过的河尽淌远方，
满面风霜，被发须收藏。

回眸之字形的来路，
品读色彩迥异的路标，
胸生碧海，平和激荡。

双腿延伸的路径，
坡坎与泥泞交集，
闪烁着透明的诗行。

敬畏春意（组诗）

敬畏春意

我不会轻率或贸然
以诗的名义书写春意。
固执地以为
"春"不可以"踏"，
"青"也不可随意"踩"。

孕育生机，复苏万物的气魄
无以复加与伦比。
行走旷野，穿越丛林，
博大深邃的法则，明眸闪烁。
一串串形容词，缠绵枝头，
鲜活灵敏的动词
牵手无数名词，
在风中漫飞飘洒，俯首即拾。

小心翼翼，捧着春酿出的诗句，

哪怕只言片语,
顺风吟咏,聆听春的发动机
悄然奏响不竭的韵律。
众生苍茫,对春的感佩与敬意,
亘古不息,在天地间氤氲生机……

春 光

一树槐花,层次分明,
历经风雨摇曳。
渐次宽衣解带,
静候钟情的雀鸟到来。

春光淌过幽谷碧溪,
流连天地,洗脚上岸,
暖阳抚平了抬头纹。
绽放的三角梅传递音讯,
将在红红火火的酷夏中
举行盛大婚宴……

景 象

黄昏，云雾缠绵树梢低吟，
雨如发丝撩面。
独步公园小径，
质疑丛林里长出的某些定论。

幸福有时会盯上毛毛雨，
春雨不尽是"随风潜入夜"，
润物，粗细终将发声。

一隅桃树喧嚣，涨红了脸，
东枝摇首欢笑，西枝含泪飘零。
李树缄默不语，
樱花呈抑郁状，惺惺相惜。

岔路口的大榕树，昂首伸翅，
眺望山野，碧波荡漾。
草坪的小草们头顶水滴，
自顾不暇，任风雨潮汐……

夜宿黄瓜山

篝火熊熊，夜幕袅出小洞。
星光泄漏，黄瓜山斜卧怀中。
亭台与楼阁，读不出水体的倒影，
艳阳下结队的锦鲤们，
此时消化着抖落的喧嚣，
在静默里自在游动。

"我与梨花有约"的微风
溢满梨园含蓄的枝头。
诗与歌持续发烧，
把春的脸映得泛红。

郁金香　　虞美人　　李子坡
瞅着梨园闪烁的花苞，
毫无睡意。梳理着白昼
如织游人的笑声与影集。
风雨与月光来或不来，
不影响它们各自释怀的隐喻。

寻找记忆

昨夜的雨,似乎不够理智。
跨越了随风潜入的线路,
演示着闯入的步履,
楼顶 雨棚 窗棂,鼓点轰鸣。

一树槐花,洁白的光晕,
风雨中黯然失色。
清晨,几只鸟的怨声,
陷入满地星星叠加的碎片。

小区大门旁与天宫殿公园的榕树,
不规则的根须,似渔网罩住土石,
无孔不入与得寸进尺并行,
固守住健硕的身躯。
泛黄的叶片,
无论厚薄,依依纷飞,
寻找植根入土时的记忆。

十方界书(组诗)

十方界书

迁此寓居十余年了,
未曾探究十方界的渊源。
天宫的坐标奥妙深邃,
却有天宫殿公园
与十方界小区毗邻。

一个人在公园闲游久了
会混淆这是一片城中林。
风的颜色与体形,
看似与老屋背后
林间的风质同宗。

阳光静好,
那尊显眼的原山大石
依旧斜躺。

花草林木颔首呼应，
彼此相安无事。

不同来路的风
相互碰撞撕扯，
一群芭茅依偎簇拥。
头顶的浮云悠然远去，
我拥抱着我，
习惯性地走进那片慈竹林……

抵 达

窗外的槐树
沐浴隆冬的雪霜。
满头葱茏的枝叶，
数日缄默
渐次泛黄。

几只鸟的抵达
稀释了树魂的寂寞。
鸟鸣清亮，

诉说盛夏的荫凉
与槐叶飘零的感伤。

与秃顶的槐树
伫立对视，
欲言又止，
陷入狭义的哲学思考。
酝酿的诗句，
储存至春季吟诵绽放。

槐花零落

槐花悄无声息地怒放
嫩绿间泛着雪白。
那几只鸟闻讯驻足，
在枝丫间优雅交流。
将花瓣衔住
似口罩悬挂。

我伫立窗前，
成窥视格局。

彼此心照不宣，
它们匆匆将口罩吞食。

不期而至的大风
潜入暗夜，
在紧闭的窗外
肆无忌惮，
为一场骤雨造势。

如此前奏
使一树洁白黯然失色。
缩短了零落入泥的距离。
鸟鸣人叹，无奈中
遁入新一轮循环。

鉴 别

刺耳的电动伐木声
一阵阵临近，
夹杂着居民的喧嚣
与香樟 铜钱树们的哭泣。

书房的书们愤然站立,
打开窗户,纷纷质疑,
修剪头发,何以砍下头颅?
"多数人"的建议,
还是"物管"与"修剪师"的"发明"?

一片片绿荫应声趴地,
一群群鸟儿声讨"酷刑",
穿梭 哀鸣 寻觅翠绿栖息。
光合作用的沉淀,
一夜间"沦陷",
紫外线依旧鉴别出
角落滋生的病菌。

想念胡杨

长江昼夜奔涌,
两岸青山静幽。
斜阳浸染的胡杨林,
从大漠里涌来。

林间肆意徜徉,

任风与沙徬徨。
仰视 抚摸 合抱
读茎 问根 遐想……

窥见老屋院坝边
翘首等待儿女回家
吃年夜饭的爹娘。

那只鸟

江城半岛的高处
一片葱葱。
花香散尽,
仍有鸟语缠绵。

那只似曾相识的鸟,
普通、任性、执着,
常来窗台探望鸣啾。
对视 点头 扑腾
成既定的仪式。

照母山麓的遇见,

令我惊悚。
飞跃两江的感应，
释放着了然于胸的密码
凝固了彼此的默契。

十方界窗外的槐树，
书写出不褪色的诗句。
那只鸟的出没与殷勤，
常常模糊了我潮涌的眼睑。

鸟　窝

那个鸟窝
选址在靠近树梢的三叉枝，
与四楼窗台高程相当。
不足一丈的水平距离，
彼此的信任
尽收眼底。

枝叶掩隐的鸟窝，
承载过爱情与天职。
几只雏鸟的翅膀硬了，

各飞东西,未见回窝。
叶落枝秃,
鸟窝在风霜中凸显摇曳,
犹如我年久失修
空寂漏雨的老屋。

蜜蜂与太阳花

大花坛的那片太阳花
冒着风雨绽放,
紫红色的火苗
齐刷刷袅袅闪耀。

蜜蜂们成群结队
早出晚归,
花丛间寻觅　翻飞　停泊,
收割花粉,各尽所能。

夜深,雷鸣闪电,
窗外,大雨倾盆,
我担忧花坛里的火焰。
蜜蜂们何处歇息安身,

"蜂头"如何引领趋利避险?

白昼迎光舒展,
夜幕悄然收轴,
太阳花的灵性。
噬花用情专一,
蜜蜂的本能。
阴晴圆缺,阻挡不了
蜜蜂与太阳花的缠绵。

情人节日记

十方界路旁的梅树们
站姿牵手,优雅有度,
昼夜谦恭,向行人致意。

来往者步履匆匆,
少有驻足探望。
寒冬腊月,枝叶沙沙作响,
暗夜里,满树花苞独自绽放,
乳黄色的花朵,泛着淡淡星光。

初春的黄昏，我伫立树下，
蹲在枝头的花骨，与我深情对视，
眼神疲惫，依依不肯归去。
彼此惺惺相惜，
陷入孤独阴凉的哲思。

相邻的山茶花树
精神抖擞，墨绿相嵌的花蕾，
心事重重，未曾吐出点点猩红。
不忍直视四季守望的梅花
纷纷零落，叠压成荒凉小冢……

辨识鸟鸣

几日不见
雨后的天宫殿公园
更显葱茏。草尖未刺破的露珠
读出暗夜对黎明的哭诉。

树荫下，遛鸟的群体
陆续聚集，几个鸟笼的黑布罩
赫然印着"XX爱鸟协会"招牌。

爱不释手的主人们
掀开鸟笼的半边天，
悬挂在树枝上摇曳。

笼中鸟们欢快蹦迪
引来林间一片声援的鸣啾。
我未曾探究鸟语，
拉近镜头，察音观色，
枝丫间漏洒出鸟群的心绪。

这片城中林并不大，
鸟鸣辨识的高中低音符
齐而未跑调。
可见，鸟的种类不算少。

驱散星辰孤独的皱纹（组诗）

驱散星辰孤独的皱纹

夜空迷离
月亮只睁开一只眼。
星辰各就各位，
静待浮云检点。

离楼顶最近的那颗星
似乎不合群。
一只幼稚的夜莺
在万年青树梢飞旋。

善良的灵魂
用爱铸就开关。
星光与眼眸对视，
夜莺的歌声
嘹亮动听。

清风自峡谷涌来
驱散星辰孤独的皱纹。

父与幼子登山

大手牵小手，
主齿轮带小齿轮，
不竭的动能在默契里传承。

碾碎必踏的冰雪，
爬坡上坎泗渡悠远的溪河，
谱唱田野里春耕秋收的歌。

简约路旁缤纷的景致，
一步一阶连缀成梯，
峰回路转必定兀现风光绮丽。

陪孙子参加培训记感

鸡年扭动尾声，
江水连绵碧澄，
山城露重秋深。

孙子款款降临，
笑靥粲然，言行稚嫩，
盈溢亲人们的身心。

向阳而绽，太阳花的秉性。
连缀摇曳，花海潮涌挚情。
每一株幼苗，都有仰望星空的脸。
每一枚花蕾，自有开放的时辰。

万物自带的隙纹，
光亮照进的窗口。
苗茎显现的微痕，
留与雨露渗进。
亲与爱，拂拭消解心路浮尘，
春光正明媚，静赏花开鸟鸣。

代　沟

立夏已过了些时日，
抬头见夏，俯拾皆春。
春夏之交的雨
界线模糊。

比如，昨夜风疏雨骤，
今晨满地淌水
街巷与树枝都胀胖了，
小孙子仍反复吟咏
"好雨知时节"……

爷孙俩无所谓代沟
犹如四季未见得分明。
我常忧雨雾迷蒙，
他却心怀蓝天碧水……

问　题

孙子午休前
习惯性地缠着听小故事。
暖阳越过窗帘
亲吻他刚入睡的脸。

我斜倚床头
咀嚼他听完故事后
偏着小脑袋发出的疑问：

愚公爷爷挖两座大山，
为什么不把家搬到山下？
姥爷不应把神话当真……

姥爷从没见过自己的姥爷，
姥爷的姥爷五十年代末
揣着贫病飘向了西天，
不是重走唐僧的路取经……
孙子溢满稚气的脸蛋
烘托惊奇迷茫的眼神。

期待他自幼用勤善扎须根，
撩拨出的烟火可养眼。
踏过雨雪风霜的足印，
绘出怡然自得的心境。

女儿小家迁居礼嘉

"七月流火",触摸过的日子,
随汗水蒸蒸日上。
寓居十方界数年,
近六岁孙子的腿脚,
早已越过婴儿床的长边。

装修工有些散漫,
水电气视讯,家具家电
内墙雨棚,女儿自主张罗。
几年功夫,终将乔迁入住。
孙子欢欣,命名十方界老家称号。

女儿收拾衣物,泪光闪烁,
雕刻过的时光,涌荡壁间。
曰:似有搬至别人家之感觉。
十方界毗邻天宫殿公园,
小山坡演绎着公园的前世今生。

我常与"仁者"为乐，近乎愚钝。

礼嘉昼夜盯着汤汤江水，
润泽着智慧之城生长。
山得水而壮，水依山而活，
自古难周全。"家"的屋檐下，
那根悬空的平衡木，
被老少亲人用血涤荡的爱高高擎住。

礼嘉华侨城遇见

渝州原江北县礼里
与嘉陵江结缘,脱胎出礼嘉,
渐至青壮,浑身肌肉凸显。

华侨城依山傍水,渐次成长,
不论华侨身份,皆可寓居。
摩天轮不摸天,与欢乐谷保持间距。

腹部生湿地,莲藕成群,
人烟稀有谋面,
自在摇曳绽放,翘首蔚蓝方向。

芭茅闻讯簇拥,
比邻而居,昼夜冥想凝视,
满头鹤发,罩不住勃勃生机。

清风游荡,偶有窃窃私语,
鸟鸣抹去浮尘。须发飘逸若云,
红莲戏水,余光仍无视芭茅风情。

海 浪（组诗）

海 浪

海的发际线
托着天微笑的脸，
胸腹涌动的浪，
未曾滔过天，罕有风平浪静。

浪潮抛出的曲线，
成五线谱蝶变。
蓝底白练，律动兼融，
袒露心声，无需罩隐。

一浪高过一浪，
前浪斜躺沙滩。
大浪淘洗过的沙，
依旧泛着黄光。

粒粒相拥，聚散自助，

海市蜃楼的机理
演绎聚沙成塔。
千古海滩，痴情远眺天涯。

海 风

白昼被海的红尘收纳，
与浪涛起哄。
夜晚肆意奔放，
一丝不挂随心随性，
在窗外徘徊　吼叫　呜咽。

嗅觉灵敏，
寻觅夜的缝隙窥探。
征服尘埃，
取决雾的姿态。
往返循环，
静待海驮旭日而来……

椰 林

错落有序,老幼互望,
年复一年见长。
那片领衔的老树,
脱了一层罩衣,
穿上了靓丽的华服。

南海散布的风,
温润适度,蹲在树杈的椰子们
表情和善,注视我漫步林间。
穿飞的鸟,似曾相识,
抑或如我冬来春归?

我南飞时,窗外的槐树早已秃顶,
光顾的鸟们不曾同行。
四季吐绿的椰林,
任风吟诵海的禅音,
枝叶间飘洒
我与树,树与鸟对视疑惑的眼神。

听 说

观光车在景区缓行,
右侧的椰树们举着自己硕大的椰子
向游客示意。
左面的高尔夫球场绿茵一片,
目及无边。

坐在邻座的老夫妇有些兴奋,
老妇感叹:啥高尔夫?
偌大的好地不种粮食太可惜了。
老夫回解:听说是苏联高尔基的夫人来投资的大项目……
前排一对情侣蓦然回首,
表情诧异,似笑非笑。

老夫有点疑惑,
转头问我听说没有。
我一脸诚恳:没有听说……

与浮云对视

飞机跃上平流层,
淡定稳健,无视云团追逐挤兑。
成堆　集散　簇拥,
赤裸裸粘成一片。
俯瞰似棉花松篷,
远眺如雪山逶迤。
刀光正行解剖,烁烁辣眼。

居高与悬浮,
彼此相吸,风的牵引?
山川河海,仰望星空。
密布延伸的须根,
滑向大地,点点斑驳成缩影。
阳光启发风的灵动与悟性,
终究在海洋里露出原形。

我的道场

老屋背后的山岗
俯瞰或平视石墙院全貌。
儿时牵牛羊啃露水草
静候日出东方。
辘辘饥肠爆发童声琅琅,
满坡野草与幼树
晨风中加持鼓掌。

几十年了,这道山梁
回老家必进的课堂。
荒山缀满翠柏,
掩隐老一辈村民的脊梁。
父母坟茔上摇曳的枯草,
风霜里浅吟低唱。
故土的坡坡坎坎,
铸就我修行的道场。

段 落

1
斜阳把颈项搁在山坳,
思索黑夜里人间奇妙。
一只黑底白花蝴蝶打坐花瓣上,
蜜蜂们熟视无睹,
依旧翻飞,埋头忙碌。

一群蚂蚁心事重重,
两手空空行进在回家途中。
掉队的两只,
索性徘徊不前。
猜不出他们踱步的心境,
兴许是回眸清点跋涉的足印……

2
夜从四面八方涌来,

悬崖上的山茶花
袅袅燃烧。
你缄默不语,
缓步攀向幽静的山坡,
依然无眼神交集,
就像彼此警惕的间距。

冷风携着寒雾扑来,
双方同频颤抖,
僵硬牵手,生涩相拥。
山脚的小镇街灯昏暗,
"属于我们八十年代的新一辈"的旋律
稀释着夜莺鸣啾。

山涧溪流,浅唱奔走,
依依凋谢的山茶花瓣,
惊艳峡谷,飘落壑沟……

3
窗外,风裹挟探望山城的大雪,
洋洋洒洒接踵而来。
斜卧窗台的雪妹妹,正舒展腰身,

毫无睡意，兴奋着等待
浑厚的雪哥哥自上而下覆盖。

室内炉火袅出红青舌，
红着脸的铜壶吐着热气，
你说，雪天煮茶更富诗意。

我们没有忆起船上的相遇，
没有谈及柏拉图与弗洛伊德，
屏住呼吸，凝视雪花妙曼触地。
炉火纯青丰满，燃姿肆意，
茶香滚烫，触手可及。
润泽的气息漫过房梁，
随心随性忘情吟唱，
翻江倒海飘飘若仙，
天地间悬浮着月夜的遐想……

4

久未谋面，依旧默契，
都要了不加糖的咖啡。
"相见不如怀念"的旧曲
充满温馨的空间。

"两路口"纠集了几条去路,
有红灯无酒绿。

一束蓝色小花,早已干枯,
花瓣从发黄的日记本底页滑落,
你曾科普,方知曰"勿忘我"。

秋风吹乱了你飘逸的长发,
街灯泛着疲惫的光。
几片落叶拂过头顶,
纤细沉重的手
在十字路口挥动,
一尊雕像在黑夜自顾检修。

5

机场人头攒动
口罩上的那双明眸,
依旧流溢出十多年前的俊秀。
白云与蓝天笑赞,
春季诗意的邂逅。

街巷棋布的红棉花

昭示袒胸露背的温馨与豪迈,
遥催着北方沉睡的冰雪。

"草原夜色美"的悠扬曲律,
与南海壮阔的波涛缠绵融合。
珍藏已久的"礼物",
互赠的仪式虔诚 绽放 潮涌 弥漫。
沙石风化,海水不枯,
不变的冀盼,流溢出亘古……

6
那些旧时光散落的碎片
与夏夜满天的星星,
在浮云里出没。
你驻足仰望或凝视,
抑或躺平极目,
她总是会心浅笑,
淡定地眨着眼睛。

桃李不言,未必下自成蹊,
远观者众,近赏者寡,
不可亵玩焉。

落英缤纷，
偶有凭吊足印。
鸟飞过的影子
在头顶越发清晰。

老树枯枝，
未曾中断年轮的演绎。
春天迸出的新芽，
叙说五脏六腑融合的挚爱。
风雨雷电，
书写根茎延伸的标点，
往来的候鸟，
绕枝婉鸣，独自剪影……

7

太阳的长生不老，毋容置疑。
一生的宿命，在每一天里，
周而复始演示。
"朝阳"或"旭日"是出行的旗号，
"夕阳"与"落日"成回归的密码。

无数次黄昏

伫立窗前咀嚼　凝视，
夕阳的余晖，
驮着空灵的波涛，
从远山款款涌来。
漫过稳固的窗棂，
击穿厚重的玻璃心，
扶起斜躺地上沾着尘埃的影子
相视无言，依依拥吻……

壬寅防疫杂记（组诗）

白露日记

白露飘然而至，
中秋尾随其后。
太阳依旧火辣，
将大地溢出的阴气过滤提纯，
交给夜甄别孕育成型。

处所两江，眺望四岸，
可算在水一方。
未见蒹葭苍苍，
伊人现在可好？
窗外，核酸检测采样成列成行。

家有老小，工作上学分属几区，
绿码是标配，早出晚归，
码码互核，谨防"弹窗"变色。
"一码归一码"的计算公式，

在不同区域与时段浮沉。

白露，裸露了白与露，
戴新冠的嘴脸善变，
映照得一清二楚。
夜的眼睛有时会色盲，
煤矿与石灰石矿周围的露，
养殖场周边的露，多呈灰色。
清醒的朝阳刺破迷雾，胸有成竹，
不会推诿古人定义节气的勘误。

核酸检测

秋日的艳阳与绵雨交替，
山城炽热有源，雨雾迷蒙有度。
社区核酸检测采样点的队列
规范　冷静　有序　肃然。
牵着一串绿码鱼贯而入，
弹出窗的"码"，
查验头尾与牙口，
核进栅栏

用碧绿小心喂养。

核的不仅是酸,
戴了新冠的面具
神出鬼没,似川剧变脸,
在草野丛林间偶尔现身。
逮住红码分辨,
截断新冠的腿脚与须根。
千万披绿戴翠的码,
跨越奔腾,大道连小径,
碾碎诡异身躯,风过绝尘……

周四的内疚

几天前已周知,
核酸检测七天一采集。
预约周四下午
带小孙子去礼嘉儿童医院。

暮秋,怀揣的健康码一片绿茵,
走过七十二小时路牌。

为稳妥，上午去做了核酸，
自以为有延续里程的超前性。

午后，烟雨蒙蒙，
我与小孙子在医院门口不能入内。
健康的码，匀速小跑，
跨越四十八小时核酸路标。
上午完成的作业，
手机的脸谱来不及显现，
拿不出纸质证明。

孙子懵懵懂懂明白爷的焦急，
冒雨去医院旁又做免费核酸，
拿着"当日有效"的门条重新过检。
背脊莫名沁微汗，
心跳超越码的时速，
一日核两次酸，
耗费公益质材，内疚吐出的雾，
缓缓升腾弥漫……

变　码

与绿码朝夕相处，
漫步绿茵，日久情深。
行走街巷与乡村，碧波涟涟。

那个傍晚霞光斜照，
大竹林方向一股风，
在空间点鸳鸯谱。
撩拨我的一根鬓发。
暗夜隐没了那片绿，
绿码挥拳，气黄了脸。

警觉　检测，释然　回归。
时空与陆地久有交集，
浮云罩面，阴晴变脸者不少，
魔幻刷屏成景……

寒露记略

秋雨早于寒露几天纷至沓来,
淅淅沥沥浸润裸露的事物,
有序而无遗漏。就像社区
"三天两检"的核酸采集。

枝丫　叶片　草尖
或卧或坐的那些水珠,
与露同宗同族,
未戴口罩,剔透灵动。

不曾凝结,不藏寒气,
明眸,无畏戴"新冠"的幽灵。
静待寒露后的秋一天天长高,
笃定,驮着长风奔向那片白云……

隐 身

十方街的银杏与杨树
一片灿黄，寒风隐身其中。
满地无序的落叶，
掩盖不住奥密克戎家族
张牙舞爪的鬼步。

小区大门内的核酸亭篷
早已退隐，三五老者经此，
驻足喟然。
发过热的那些石头，
瞅着江水远去的背影
躺平身躯，继续自行冷却。

堰塘渗漏的水开始聚集，
一群出行的蚂蚁猝不及防。
牛羊成群，噬之草坪，
未曾交头接耳。
雨雪滤过的事物，
阴与阳趋于动态平衡。

期盼一场雪

连日冬旱，壬寅腊月末
朔风携带霏霏寒雨光顾山城。
天官殿公园丛林枯黄的树叶
仍免不了摇曳零落。

草坪枯萎的小草们，
手牵手，匍匐一片。
草根在瘠薄的土里
寻觅润泽，自顾吸吮。

北方的积雪啊
你何时苏醒起身，
纷纷扬扬将这些落叶遮掩。
让奥密克戎家族一同消遁。

滨江秋韵（组诗）

滨江秋韵

一场绵雨把睡眼惺忪的秋
搀扶至丰都滨江路，
来往行人围观　凝视　相拥。
名山　双桂山　五鱼山
在江岸正襟危坐，
放下与壬寅酷暑的纠纷，
一边护佑自己的子孙，
一边梳理羽毛，各抒己见。
俯瞰昼夜涌动的大江远去，
新城喧嚣的潮汐，收入眼底，
推演最大公约数的秘籍。

五鱼山的鱼，修道未果，
改行换面，入枳江奔龙门。
半山坡的几处竹，

尚未成林，盛夏遗留出枯萎。
秋雨传递强烈信号，仍未反馈，
竹竿依旧挺立，
节骨泛黄清晰。

江面升腾起一片烟波，
追逐着双桂山　名山头顶的薄雾。
交头接耳，步履缓慢，
蹲在枝丫间不知所措，
张望打听清风的来路。
开悟重重心事，
天清牵手气朗，书写漫漫归途。

高家镇

高家镇不高，
像鹤发童颜的老者
蹲在江滨垂钓。
址于丰都东北，方斗山麓，
始于明代的集镇，
孕育出旧石器时代遗迹

与江湖的刀光剑影。

街巷狭仄，烟火浓郁，
青石板煮熟的街面，
倒映出熙熙攘攘的人群。
六百多年的积淀，
伴随三峡电站的输变，
已分类打包
沉入海拔175米下的江心。

移民绘制新镇，挺拔俊朗，
大气清秀，涌动出古驿基因，
隐掩了老镇头颅的发际线。
洁净的街巷车来人往，
商贸集市攒动的人头，
应和着广场舞的节奏。
街旁列阵的小叶榕，
枝繁叶茂，与老幼移民相融。
两岸青山与奔涌的一江碧水，
日夜映衬出新高家镇
曼妙舞动的倩影。

过琢成学校

方斗山吐出的路带，
揽住高家镇的腰。
长江袒露胸襟，
义无反顾，自顾昼夜昭彰。

上世纪三十年代的战火
烧焦蒙昧捆绑的绳索。
枳江之滨，川江高家重镇，
先贤雷公琢成，兴办"琢成中学"……

脱胎长骨的"丰二中"，
意气风发，英俊挺拔。
大小栋梁穿斗的大厦，
遍布四海天涯。

"琢成中学"的根须
植入高家镇的坎坡。
三峡移民的涛声，
储存沧桑的基因。

物理变化衍生化学反应,
新建沉淀"琢成学校"。
厚重的元素与底蕴,
携手"丰二中"融为金玉良缘。

我任秋风牵引,凝视母校门庭。
一袭红花喧嚣绽放,
毕业的姿态,簇拥栅栏,
拍摄众生琢璞成玉的身心。

那些爬墙虎（组诗）

那些爬墙虎

几乎不仰望星空，
爬山　攀墙　附壁。
群居　散居　另辟蹊径
寻觅匍匐与站立的机遇，
不约趋同又各自神通。

十方界社区地处台地，
"北城静地，原山洋房"
呈现营销时的广告。
四面形成的围墙，刀削　笔直，
爬墙虎难遇的显身道场。

模糊了根茎的来路，
纵横重叠，织出交错的网，
枝叶簇拥。或迂曲或穿插，

既勾肩搭背，又各爬其道，
伸长脖颈行迹相向。

春夏绿茵，秋冬褐黄。
筋骨峋嶙，墙壁冰凉。
霜雪中仍抱住墙头左右观望。
邻近丛林里的火棘们，
瞪大眼睛，静默中涨红着脸庞。

巫峡红叶

风起雾漾，秋清露凉，
醉了游人，靓了峡江。
一片片一团团，
绝壁与陡坡连绵燃烧，
奔走的黑夜袅出一线霞光。

江上清风张开手指，
拂过一页页彤红。
游览者络绎不绝，
在红海深处指点　沉吟　流连。

我触摸过陡坡旁
叶脉涨红的情景，
曾攀谈它们红后发紫的醉脸。
霜雪逼来，无奈次第殒落，
难以预测漂浮不定的路径。

或与风共水流，
或长眠林草间，
或裸睡悬崖边，
声声叹息，期待来世重生。
我莫名黯淡了
观赏它们满面红光的心境。

遇见一片鹅卵石

栖息在江河边，
大的、小的、圆的、椭圆的，
不规则的，拥挤在一起，
像有些诗行中堆砌的形容词。
年幼时抚摸过的
仍是它们当下的身躯，
基因相似，

生长出没有棱角的脾气。

一茬压着一茬,
上年匍匐在底层的,
今年汛期的冲涨,
大多会变换体位,
或位移　上浮　下沉。
浮力、冲力挤压垫底者
期待来年的汛期。

每次路过长江丁溪河滩,
它们拥挤成一片,
伸长脖子,齐刷刷
向奔涌的江水致意。
我情不自禁
挑拣几个有灵性的小鹅卵石,
用力抛向江里,
江面绽放一朵微弱的水花。
江水会赐予它们机遇,
谨防有路人虎视眈眈,不怀善意。

冬日城中那道山梁

城中突兀的山梁,
留住城市化列车
启动前的模样。
满身绿树与花草,
衬托起那一大片银杏黄。
曲径通幽的野趣
连同那些站立的岩石,
冬日里愈发端庄。

重叠酥软的黄叶
奄奄一息横躺歧路旁,
来历不明的风,
一阵接着一阵
在密林间奔跑,
不知南北的几只小鸟,
仍留守在树枝上鸣叫。

三角梅、芙蓉花、红棘籽,

迎着风携来的雨
独自燃烧，
把冬季的严寒烘烤，
将春天的信息宣扬。
都市早出晚归的人们，
间或来此，抖落些闲暇时光，
流连坡坎丛林
搜寻故乡泥土的味道。

交心（组诗）

交　心

两个男人坦露的心声，
被窗外伫立的那朵灰云听见。
照母山下二十楼的高层，
稀释了他忧郁的脸。

父母走了，缺失归处，
老屋漏下些雨滴，
几丝情愫在喧嚣中迷离。
两个孩子的父亲啊，
如磨芯，把坚硬的泪珠
放进磨齿里碾碎。
花白的发须，
淹没了沉重石磨书写的年轮。

寒风无节制地敲打窗棂，

黄昏点燃的烟火,
笼罩着他
咬牙前行的身影。

心　事

山城的冬夜,
修炼得愈加沉稳。
灰蒙的天空,
仍皱着眉头,凝神深思,
俯瞰着伸长脖颈的事物。
小区正在落叶的乔木
与挺直身段的楼舍,
沉默不语,
无法读懂她深藏的心事。

星辰在故里入眠,
此时已近零点,
我习惯性地伫立窗前,
打探寒夜的动静。
连日期盼的月亮,
露出半张冻僵的脸,

牵引住收摊小贩
与快递小哥疲惫的眼神。

元宵日记

圆月漂在天心，
被浮云煮熟。
香气洁白柔曼，
隐掩住元宵的胴体。

数不尽的小月亮
浮在锅里，挤在碗里，
趴在各式情有独钟的嘴里，
将身体的幽暗处照亮。

汤圆的一生，
坎坷圆融，
履历清楚，脱胎碎骨。
以粉末之躯
任由搓捏造塑，
水分适度，内脏勿外露。
蹚过了冷热烫

铺出的路,
通体温润成熟。

逢年祝辞

逢年过节,
祝辞的眼睛有时会模糊,
翅膀疲软。

庚子新春,
那只硕鼠
勾搭些蝙蝠,
戴着新冠,
遮住丑恶嘴脸,
神出鬼没。

飘荡的"'鼠'你幸福,
天天开心……"
徘徊在宅家防疫,
"鼠"你"心堵"的房梁,
神京引领,全民歼"毒"。

牛年又至，
牛喘着粗气弥漫山谷，
冲艳了天际的云彩。
"牛"转乾坤，
戴给牛的笼套
美好而沉重。
老黄牛无暇环顾，
俯首沉默，
奋蹄耕犁。

前"兔"无量
幸福与否
抑或快乐，
不在祝语的多寡，
能否洒向天涯，
兔与人心知肚明。

场　景

一些事物孕育的隐喻，
令人内省诧异。
十方界石径两旁的梅树，

从庚子冬月到辛丑正月，
渐次绽放，叶绿不衰。

当新芽被春风抽出，
数片老叶黄而不落，
依然蹲在枝间叙述。

见叶知秋有景观，
居安思危生恬淡。
如履薄冰长出歧义的枝蔓，
太薄的冰切忌履足，
万丈深渊
吞噬灵性的躯体。

来时的曲径通幽处
结满大小的故事，
或动人或慰心。
越过了边界与底线，
故事的大门会封闭，
逆袭出支离破碎的
事故场景。

情　境

昨夜的梦
雷电交加，
没有一丝春色。

地点模糊，
满桌故旧好友
喝得脸红筋涨，
拍胸感怀：
人生苦短，必共患难。

忽有呜嘘呐喊声，
一彪形大汉持刀立门，
叫嚣劫财不伤人……
豪言刚毕者见状，
惊慌　翻窗，
左右酣饮者腿软，
蹲桌下躲藏。

唯他仍正襟危坐，

执酒瓶呵斥，
理论原委，义正言辞。
大汉心虚退却，
言走错了门道。
复坐，皆言恍惚，
称不胜酒力……

清 楚（组诗）

清 楚

清楚绝非虚词，
言简意赅，
知行合一难。
非清非楚，
或非较清较楚，
常在山路泥泞中呼唤。

大千世界，芸芸众生，
纠缠着事物的脉络与秉性，
梳理根须与枝干的成因。
想清楚在心与先，
说清楚在嘴与言，
写清楚在手与笔，
做清楚靠身体力行。

急事缓做,缓事急做,
大事小做,小事大做,
山险不缓步,路窄不侧身,
此类可谓不清楚。

做对的事与把事做对,
用心用情用力恒定吃苦。
大道至简的机理,
不必用诗之意境解读,
诗性自然道不明"清楚"。

安 稳

我常将"安稳"二字
放在漆黑的光阴里漂洗。
安与全,稳与定,
筋骨嶙峋,
血肉浑成,
隐藏着刀光剑影。

一人一家一团体,
一事一物一体系,

生理　心理　生态，
经营　经过　状态，
天上　地下　水中，
孕育着安稳的根须与胚胎。

安稳的笔画散落在脑后，
偏旁部首酿出事故，
殃及无辜生灵。
理念牵引举措
渗入骨髓，
依律循序铸就胜境，
阳光的故事将伴汗而生。

保险柜

天际明朗，
街巷熙攘，
网络互通，
便捷清爽。
与保险柜久违了端详。
它闪烁过数次红灯，
未曾理会退场提示与呼叫。

交换彼此储存的密码，
拒绝开怀与商量。
机械启动，打开门窗，
两对电池拥挤一隅，
相惜流泪感伤。
失去动能的保险柜，
毫无声息，停歇性能。
在密码契合的朋友圈，
验应着保险与被保险的成因。

常 态

斜阳悬浮在江边楼宇上
打呵欠，伸懒腰。
最后一抹柔光
跨过立春后的玻窗，
横躺在五楼会议桌上。

主持人再次开导，
批评与自我批评常态化。
群众至上，襟怀坦荡，

正风肃纪，作为担当。
与会者掀起心田的波浪，
彼此慈祥，
眼眶噙满刺破昏暗的光。

体　会

名正言顺的会
如汽笛
将负荷的车船助推。
大会牵引航向与轨迹，
中会厘清渡口码头路径。
小会用庖丁的刀
解剖物象，剔除杂症。
现场会将路数接地的
痕迹
与绩效勘验。

理念与实践，
投入与产出，
书写着会的足印。
心力催生脚力，

嵌入沃土发酵生根。

导　向

导向孕育向导，
父与子异曲同工。
问与题在繁杂的藩篱间
隐姓埋名。
导向牵住问题的鼻子，
朝求是的殿堂渐进。
穿过事物万象的丛林，
结出的大小果实，
在实事与逻辑的常青
树枝间闪现。

水　分

构建活力的介质，
将生命之源在流动里托起。
渗透压　酸碱度　温湿数，
蕴藏于占体重百分之六十

到七十许的身躯里。

江河滞流，泥沙沉积，
洪水泛滥，灾害难敌。
水分的比重，
约束住生命的长空，
而一些浑身滴水的事物，
依旧在月光下游走。

沟　通

"沟"，长相殊异，
与水休戚相关。
"蛹"，破茧成蝶，
无足无翅，
即使贴住水背
也难通行。

"情面"会把话拉弯了说，
言为打开心锁的钥匙，
何必识破不道破。
沟通折射的瑞光，

戳透包裹住"清"与"浊"的膜。

微信朋友圈

曾在甲方岗位，
拗不过乙方的盛情，
逐年添加微信"朋友圈"。
记不清互发的内容，
时常收到密集的赞音。

转岗乙方，
"朋友圈"渐生清凉，
销声匿迹勿用商量。
频见留存的部分"朋友"，
只给群里甲方人士与年轻女性
发出火焰般的符号。

不曾有感伤，
核查了"朋友"
"朋友圈"的本义，
梳理手机固有的容量，
把僵硬的"朋友"抬出驿道。

厘 清

当年在甲方
与他交谈,
其局促不安,
谦卑至尘埃。
我幻化成一片绿叶,
陪伴他飘至
殿堂的梯阶。

那年居乙方,
他乘轻舟而来。
与我交谈,
跨坐大树枝头,
我隐身柔韧草丛观望,
看不清叶面掩映的脸庞。
除了满树鸟鸣,
听不清他升高嗓门的声响。
一缕清风,终究厘清了,
彼此之间其实无缘相向。

逻辑（组诗）

逻　辑

日月星辰，风霜雨雪，
上苍的儿女们，
与逻辑相伴共舞。

山河林草，飞禽走兽，
蚯蚓蝼蚁
大地的儿女们，
与逻辑相依相生。

众生芸芸，蕴于苍天厚土，
犹如兄弟姊妹及其子孙，
同宗同源延伸荒岗
祖辈遗下的那堆白骨。

寻　祖

曾数次询向生前的父亲，
何不去祭拜他爷爷的坟。
父亲茫然的脸
沟壑纵横，
忧郁的双眼，
深植我悬浮的心。

改革开放后的一个清明，
父亲带我们兄弟姊妹
给早逝的奶奶祭祀。
遥指前山柏树林下的玉米地，
祖父的坟冢，在荒芜的年月
被生产队开荒扩地削平。

那些玉米拔节葱茏的长势，
粘附着父亲涌动的泪滴。
我常梦见那片玉米秆
长出一根根白骨，
它们抽身显灵，

还原成高大的祖父。
驮着呼啸的清风,
飘然嵌入老屋后山的松林谷。

中秋夜

千古脸庞,
洞穿烟雨袅绕。
乳白的肌肤,
隐没了风霜雨雪
掠过的沧桑。

冷艳的唇膏,
在每个中秋之夜,
被神用纤手涂抹成
万物愉悦的淡色调……

风把喧嚣抖落路旁,
桂树从容独自溢香。
几颗星星依旧用眸搭桥。
赶在黎明起身前,

将那轮圆月护送回故乡。

秋　分

秋色渐浓，
旭日的肩膀
卸下远处的山梁。
稻谷归仓，
晨露晶莹，
在枝叶间徜徉，
鸟鸣滴洒一地。

天与地昼夜磋商，
云计云算，四季上网，
对千古秋色未尽平分。
一场大雪降临，
抚慰了焦躁的枯叶，
让秃顶的枝干
愈发内敛骨感。

伊之梦

伊之梦尽显紫色，
不分昼夜
在风霜雨雪中摇曳。
半睡半醒，
梦呓连绵。

恍见万年青树开玫瑰，
无花果肉绽放牡丹。
脑海漂浮远洋巨轮，
将自身脊背的大黑痣，
雕刻成爱人相拥。

负累跋涉，
穿梭闹市，
渐行渐隐，
竟无一人
用真相催醒。

十字路

老家乡场名十字路，
沉寂于心海深处。
月明风清的静夜，
惺忪涌动，
油然浮出。

早上八九点钟的金辉，
涂染远近的山峦，
赶集的人流
踩斜了十字路的青石板。
人头攒动，
低矮的灰瓦房顶，
吆喝声此起彼伏。

少年郎青春萌动，
伫立十字路端口。
光阴闪耀，满眼迷茫。
左路延伸假角山
坎坷的林坡，

右行构成石墙院的偏旁。

夜晚凝望山顶的月亮,
辗转反侧,
兀现一位善解人意的姑娘。
荷锄晚归,
点缀老屋后贫瘠的山梁。

锻　炼

陪老家来的岳母逛公园,
她说,树与草长得好,
可惜没有长庄稼……

林荫里小广场的歌声
弥漫树梢,
稀释着密集的蝉鸣。
大爷大妈的舞姿轻曼,
岳母驻足观看。
"他们锻炼在广场,
我们锻炼在坡地上……"
岳母呢喃着缓步离开。

蒋地的怀望

草木丰茂，
覆盖住古战场
将士的头颅。

淮水之上，白露河滨，
期思河载着千古日月奔涌。
草湖　方家湖　兔子湖相映成趣，
周公旦将其第三子伯龄
分封至物产富饶的蒋地。

春秋后期，战火遍邑，
蒋国遭楚国泯灭，
子民哀号，深念故国，
遂以"蒋"为姓。

蒋氏如"苽"树繁衍，
伫立山顶河畔，
沐天地风雨，
"润"草木精华。

为家国立命,
生生不息,
书写着"龙"的传"人"。

远方的惦念

照母山绿黄相间的层林
让初冬的暖阳
浸染成渝州触手可及的诗行。
我拾级而上,
邂逅满路生机勃勃的脸庞。

北半球的阳光,
此时是否穿透多瑙河畔的村庄?
塞尔维亚那位高鼻梁老人,
白里泛黄的脸,
微陷的双眸,贮满沧桑。
是否还在追忆南斯拉夫时的辉煌?
浑身闪烁着对铁托的敬仰。

那次遇见,
脑海里沉浮起一些高鼻梁雕像,

他们的分量,
挤进有限的胸腔,
而我,无法慰藉那溢泪的目光。

过柏林墙遗址

脚步声川流不息,
伴着寒风的呼啸,
和着莱茵河的波涛,
淹没了柏林墙的残垣。
驻足攒动的人头,
将一束束含刺的光,
投射到带血的残垣上,
在一幅幅涂鸦里沉淀发酵。

那些越墙丧命的残忍
与洪流决堤、墙倒的欢欣,
糅和成一团泥,
嵌入了莱茵河的长堤。
南来北往的游人,
不经意地踩着柏林墙

刻下的痕迹，
怀揣沉重的记忆，
向绿树掩映的大街奔去……

语　雾

斜阳注视着老屋的石墙，
雾气弥漫古榕树伞状的头。
村道土路被水泥装修，
迂回的曲线依旧。
她凝视田野低垂的稻谷，
自语"缘已尽，分没有"。
他的心升至喉咙，
血涌上额头。
有些事有些话
如山间雾，来路不明，
暖阳也一时难厘清。

山清水秀，柔光会横竖渗透，
迷雾混沌，闪电也摸不着头，
任暴雨煎熬，让月光鉴赏。

看清他人易,
自知之明难,
如长在背脊的痣。
只看清不看轻,仍是重。
红尘淹没了
明心见性的伤痛。

渡与度

天与地渡世间事物,
阳光与雨露渡葱茏草木。
月亮渡满天繁星,
河床渡潺潺溪流……
她却说,道高不着地,
似楼宇缺基底。
这成为他们形而上的分歧。
衣食住行,柴米油盐度日。
五谷丰登必度饥。

诗词歌赋,琴棋书画
量度烦忧的心绪。

争执与急躁,克制与包容,
早出与晚归,芸芸众生,
寻寻觅觅,昼夜不息。
催生他度与互度,
冥冥中自有安排与定数。
融入神性的自度,
时光的紫雾
终究会钙化
彼此固守的斑涂。

彷 徨

人类长河,九曲泛波,
鱼龙俱下,青山咏歌。
"跳跃型学习",实践与探索,
经验与创新,同频言说。

数字们纷纷奔涌列队,融合成魔幻,
云雾里闪烁,红尘中演绎计算。
AI们横空而降,成群结队,
挥手引擎诗与远方。

它们眼里溢满霞光,
激荡着缺烟火气与肉分子的器脏。
我拜读他们流水线上的诗,
寻找心灵隐秘的语言,
抚摸温度　湿度　理趣与情怀,
剪辑出富有肉身灵气的华章,
无可奈何,彼此在失意中陷入彷徨。

地质人

博大精深的"地学",
对地球的探索与呵护
从未停歇。
企图听清地心的脉动,
调查勘查地质的骨骼。
对病害的研判防治,
和合不同地质的机理,
铸就"天行健"的躯体,
融入地质人血液的记忆。

城市林立的大厦，
绵延的路桥与工矿，
地质人给它们勘奠了足穴。
寻觅宝藏，驻扎旷野，
防灾护民，奔走雨夜。
苍茫大地，
释放出的光和热，
不可替代，不可或缺，
风雨中沥出耀眼透明的心血。

微言诗思

二行诗

年 少

涉水爬山，亲近喷薄的朝阳，
背负的圆月，把暗夜照亮。

年 暮

近看模糊，远观映物清淡，
心田微澜清澈，照世事自在渐宽。

认 知

长在背心的红痣如梅花，
力图驱散阴影拖住的尾巴。

知 己

暗夜频递彼此的眼神,
风雪中分辨出互慰的泪滴与雨水。

情 面

缤纷的场面将人面烹饪,
情面的伤痕与骨头,由自己指认。

太 阳

驮着苍天的脊背,
驱散人间的阴影。

稻草人

掏空了心肺仍闪烁银光,
用枯萎抱团昼夜打望。

燕 巢

老屋堂壁上贴悬的燕窝,
与老屋一样空闲寂寞。

隐 患

隐匿迷蒙的尘嚣与丛林,
根须被咬噬出无数裂纹。

流 言

追逐跋涉者的阴影,
终究被理智的阳光驱尽。

预 防

安稳的响铃悬挂颈项，
铃声的指针与步履相向。

焦 点

你期待无籽樱花一路烂漫，
他尤喜无花果殷红后的口感。

分 泌

晨露见光晶莹剔透，
那是夜在激动中分泌的眼泪。

管 理

将抽剥出的繁复头绪，
分类装进规制殊异的管道烘酿。

禅 茶

滚烫沉浮分泌的苦涩与徬徨,
催生甘甜悠长的回响。

写 诗

他在云雾里觅语造句,
你在池塘边拾意洗词。

决 定

都说性格决定命运,
性与格又从何处滋生养成?

如 果

如果婚姻垒砌成坟墓,
里面埋的不曾有爱情……

三行诗

任 务

把命照看好,凭自觉醒悟与辛劳,
把心安放好,
上下求索苦于地方难找。

难 关

耐住寂寞确需勇敢,
月明星稀的夜晚,独处一室
常常是个难关。

善 谈

他善谈厚重的历史意义,
而操盘者,
迫切知晓破解难题的药效机理。

家　字

身高胖廋不等的老幼，
齐心协力用手
擎住一根沉重的平衡木……

情　缘

何必用伤痕验证？
时间酿出的酒，
自己指认后默默吞饮。

汗　流

眼眶贮量有限，
有些泪水，
只能从累弯的背浃溢出。

对 视

眼眸里,看清了闪烁的自己。
你曾用心走过我的瞳仁,
跌滑入深深的谷底。

雨 景

掷地生花成溪。
窗外鸟鸣潮湿,
树上鸟窝瘦体。

夕 阳

追着黄昏呼唤黎明。
你的谦让与呐喊,
叫醒睡梦中群星的辉煌。

落　叶

风中鉴水流,着地兀自由。
新绿的营养品,
嫩叶的老前辈。

老榕树

替来往者遮挡过风雨,
历经的繁华与喧嚣,
在雪夜层叠的落叶中悄然回响。

河滩石

河水的柔韧
剃度出色彩与坚硬,
涨落后的排列组合由神认领。

日　子

白昼，被生活牵着鼻子走，
深夜，将累弯的脊柱放平，
灵魂自由出窍，天马遨游……

存在感

存在的，已客观堆放着，
不存在的，画图臆造粉刷，
终究会被时间的利箭射穿。

现　象

月行云中，时隐时现，
鱼游池塘，忽显忽沉，
鸡毛借风力，终归躺一地……

空　调

启动制冷制热，不由你说了算，
你哈出的那些粗气，
原本与你的身体无关。

高压锅

无非是借助密封圈与压阀，
将无法言语的食材
放在火上速成煮熟……

刀砧板

离开了刀与宰割物，
就是一个表情生硬，
不能发声，或躺或站的摆设。

餐　桌

同宗同款的兄弟，
蹲家里餐厅，是用餐的家私，
趴酒店餐馆，参与创造剩余价值。

伞

用你，任人掌控，
不用，收折自如，
待在僻静处，抚慰筋骨的隐痛。

酒

都说你是粮食精，
　并非能滋养所有人的身心，你的沉默，让有的人夸夸其谈，错乱神经。

冲　动

人　事　物运动中的轻重摩擦，
激情会碰撞出越界的火花，
无知聚合的土壤，会长出大小獠牙。

成　熟

知事后，与岁数多少开始脱轨，
与能否内省笃行呈正相关，
映照出脊背黑痣的反光镜是尺度……

智　慧

"知识"与"见识"热恋后成家，
十月怀胎分娩下"认知"与"智慧"，
途经风轻云淡的山崖……

放 下

看清了一些人和事,
不看轻,块垒依然叠加,
身心在荆棘丛林中自拔……

境 界

风雨与喧嚣疯狂掠过,
孤寂与落寞未曾撒泼,
自顾潮汐,拾掇灵魂分泌的歌。

斑马线

将平行线从皮囊里抽出,
掐头去尾,贴在脸颊的面膜,
来往的行人从河床上淌过。

路　灯

黑夜来袭，挺身就位，
瞪大眼睛与月亮星星缠绵私语，
厘清路人在红尘中的斑驳足迹。

宝　剑

伫立剑鞘，沉思不语，
睁大眼睛，修为觉悟，
有令自出，跃身起舞……

真　相

读懂你，触摸爱的根基，
谎言绽放花朵，
粘贴隐藏丑陋的外衣。

机　遇

不期而遇，并非途中奇迹，
负重前行者，背囊殷实，
冥冥中契合的期冀。

体　裁

散文，谷物做成的饭，
诗歌，粮食酿造的酒，
饮酒勿饭，酒足饭饱恐意残。

价　值

喧嚣中，独善其身，
无奈境，随遇而处，
自渡与渡人，演算彼此公约数。

回　答

问题有大小多少之分，
有低级顶级之别，
而后两类，往往无需回答。

四行诗

协调会

不协调的元素,
叠加成不和谐的言行。
用最大公约数,
将不协调的筋骨烹煮。

电风扇

搅拌出的那些风,
并不属于你的躯体。
甚至连你自己都不明白,
你名字的由来与炎热的关系。

蝉

隐姓埋名的寂静修养,
为的是飞向高枝栖息演唱。
一生的悲欢与酝酿,
在夏秋的丛林间轮回鸣响。

诗人

心原本柔软,
诗融入血肉。
那根骨头镶嵌的眼睛,
映出人间悲欢……

转　段

容颜　谈吐　心灵与笃行，
情爱三阶段，有人很快转段。
不少人用眼倾听，
停滞不前于第二阶。

成　长

吃的亏，流的泪，受的苦，
踏过弯弯曲曲的泥泞路。
岁月悉数包裹，
长成坚韧不拔的筋骨。

脸　熟

熟悉的脸谱，依时序
张贴在心房砌就的墙壁。
还需熟悉的，
由神降临有逻辑的机缘。

衰　老

脸庞皱纹沟壑与满头花发，
仅是外在标签。
心中无光，思维入固化的笼子，
时光便衰竭无华。

玻璃心

去杂提纯，澄澈明净，
半边脸一只眼，看清你的身心。
谨慎触摸，更不能误撞，
她的心极易裂碎。

古树茶

千年风霜融入血脉，
迎春的笑靥被催眠。
沸腾中伸腰苏醒，
静观尘嚣起伏沉淀。

代　谢

青山逶迤沉稳，
江河一路吟嗟。
深山枝枯叶腐，
风景绮丽未竭。

五行诗

父亲节

夜正向深处走去,
山在隐隐中越发沉重,
那是父亲的背影。
父亲不知有节日,
而父爱从未节省……

星　星

老屋上空悬垂的几颗明星,
跟随到了城区的楼顶。
那是父母慈祥的眼睛,
注视着我
月光下回家的身影。

蚕

蚕农培植肥绿的桑枝,
桑叶侍奉雪白的蚕宝。
作茧自缚的宿命,
回报饲者的温饱,
增添人间美妙。

签字笔

外表形体相似,
腹芯大小容量不一。
只管墨水与书写顺滑艳丽,
字毕墨干,
自身的际遇浑然不知。

洗 头

头发粘附的尘垢,
被洗发剂来回搓揉,
随温水溜走。
头颅深处的锈斑,
依旧停留……

驱逐马蜂

目击你们漫步翻飞的行踪,
惊怵在楼顶雨棚内筑窝。
未理解驱赶是和谐的抉择,
只会轮番反击围攻,
不曾省悟安家选址的错。

三角梅

你的芳名缘何而来,
连同自己的身世,

未曾知晓。
三个花瓣没构成角，
何况与寒梅的音频不同调。

时　钟

秒针日夜跳动，
分针隐忍律动。
两者抖落的风尘，
终究漂浮
沉淀于时针胸中。

记　梦

绽放的朵朵梅花，
凸现粉红的嫩芽。
露珠剔透晶莹，
晨曦追逐，
笑盈盈躲进身下……

夏夜喜上楼顶

给口渴的橘树喂水,
看满树无花果聊天。
与半遮半掩的月亮对视,
清风侧身闪过,
一串絮语醒脑提神……

含 义

思想无烦恼,
身体没病痛。
这绝对幸福的含义,
在相对世界里,
赤裸裸隐匿。

微言诗思

人行天桥

躬身闹市枢纽，
背朝变幻天空，
凝视喧嚣街头。

白昼任脚步书写
熙攘与荣光，
夜深人静，
独自沉思疗伤。

措　施

写在纸上的措施
不长牙齿，
落到尘面接的不是地气。

粘附的尘埃，
掩盖不住牙齿
在日照里补钙拔节。

机　制

猪睡醒了看着食槽，
边等边嚷。
除主人撒食争吃外，
鸡在游走中觅食。

天高任飞的鸟，
四季迁徙，未曾停滞。
宿命与传承
形成了迥异的机制……

风

颜色不详，
形体难以捉摸，

多生长于日月胸前,
高低大小急缓各异。

不只与三秋叶 二月花
千尺浪 万竿竹结缘,
更能吹散丛林迷雾
与满树蝉鸣。

自　见

她说他个性强至难以相处,
他陶醉于温文尔雅的自觉里。
几十年了,
能看见夜空的繁星,
却未能洞见
脊背上的那片斑痕。

月　亮

凝望你时,
你漫不经心

游走云里。
俯瞰我时，
总会透视出
长长的阴影。

误　入

躺在墙角的捕鼠器，
未曾发现老鼠的足迹。

一只壁虎误入，
奄奄一息，
眼睛黯然，
放射出无尽的悔恨与求祈。

回眸与环顾

从原点出发，
不时回眸环顾，
看清脚下路，
迈稳每一步。

梳理过往，
用心觉悟，
戒备他人的教训
与惨痛事故。

到 站

车来车往，
红尘寻常，
准点到站，
购票乘车的期望。

恋恋不舍座位的舒适
与沿途风光，
恍惚过了站，
无奈徒步回往。

心 念

久违了你的信息，

万籁俱寂时,
你伫立于弥漫云雾里。

相聚的旧时光,
在撕裂的碎片中
黯然叹息……

道　别

歧路口红绿灯闪烁,
秋风解落黄叶,
人车混流。

你目光坚定,
渐行渐远,
他泪眼婆娑,
依旧频频回头……

往　事

不尽如烟,

即使没有风,
烟也会悄然失踪。

往事虽往,
仍不时会跑回心坎
驻足萦绕……

夏晨林韵

朝晖从枝叶间不均衡泻漏,
听不明歌词的蝉唱
在密林树梢荡漾。

风簇拥着风,
绿掩罩着绿,
我牵着我,
独自向林荫深处走去……

做 主

万籁俱寂之夜,

使唤戴着各种意象面具的词句,
让它们在横格上
爬行或站立或构筑。
排列与组合,
任诗性做主。

诗

沉积在心坎缝隙的沙土,
孕育绽放出馨香的花朵。

氤氲中的灯盏,
照亮胸膛,
散发出"寺"中的禅"言"
与暗夜的星光。

新韵拾零

南天湖（组诗）

南天湖

苍穹之下，丰都之南，
二千五百万年的纪录，
喜马拉雅召开造山运动会，
颁发一大块玻璃种翡翠，
镶嵌在高山绵延的丛林。
碧波与涟漪交替，
海拔一千七百五十米高的镜面，
观照　包涵　鉴别　沉淀，
胸襟里蕴藉着养分。

梦月湖怀揣一轮明月
自幽深处款款飘来，
载着情人谷热恋的男女，
从上游泛舟而下，
赴约南天湖主持的盛会。

銮驾山袅绕的仙雾，
吻遍天湖瑶池的脸。
洞见玉皇峰　莲雾峰们
融入南天湖的倩影。

天公蔚蓝的手掌
轻抚着碧蓝柔软的胸脯，
清风拉开微澜的衣链。
湖周人流涌动，
喧嚣与雅曲交融成默契。
群峰葱茏，森林行摆手舞，
湖光与山色相拥
绽放惊世骇俗的青春。

天湖瑶池

古传玉皇大帝
曾游玩銮驾山，
成武陵群山之顶。
銮驾沉睡未醒，
青山肖然不动。

西王母自昆仑散心而来,
"天湖之上,瑶池之精"的物证,
澄澈如明镜。王母沐浴徜徉,
嬉游三日乃归的踪影,
被銮驾山的怪石密林收藏。

返昆仑巧遇真爱的王母
感念天湖瑶池的灵性与纯净,
农历六月初六
八月初八蟠桃会前,
每年必来此涤荡洗尘。

错时登临瑶池,
但见烟波骤起,
池周苍翠连绵,百鸟欢歌。
仙雾袅娜弥漫,
与碧波窃窃私语,
激情相拥,亲吻缠绵……

我惦念她的冬天

酷暑难耐的夏季，
南天湖人流如潮。
蔚蓝静谧的湖面，
映照着海拔较高的事物，
包容环湖的人群。
影影绰绰，形形色色，
透视出迥异的心境。

我却惦念她的冬天，
飞雪漫山，湖水寂静，
朔风刺骨，人迹罕至。
任凭湖面接纳雨雪
独自修行沉淀，
高山的秃树，湖周的枯草
悉数入镜。
我窥见了薄冰下面
那颗正在洗涤冰镇的心。

石头城

比邻南天湖的石头城，
构建小而全的城堡。
第四纪冰川运动的子孙们
清凉之境生息　逍遥。

人与各等动物和谐相处，
石头们见人会说话。
惟妙惟肖的动物群
在林间博弈　奔走。

树下　池旁　亭台　原野
石头们交流　休憩　高歌　劳作，
一派繁华群像。

保持适当距离观照，
轮廓与肌肤逼真动人。
零距离洞悉　触摸，
像素，凝固血的流淌
秒杀，几步之遥的遐想……

轿子山

同名同姓者众，
南天湖比邻的轿子山
与慈姑山　三抚林场相交。
轿厢深邃苍茫，
未载走仙女山仙女的传说
疑是彩礼不足，贻笑大方。
慈姑凼沐浴的慈姑，
足迹可循，子孙繁荫。

山大易生杂木，
轿子山属另类，
水杉红豆杉笔挺，占据遍野列阵。
盛夏徜徉其间，仰视阅读，
一片疯长的琴声。
泄漏的阳光，
携带不同音部的鸟鸣
自树梢滑落，在丛林跌宕沉淀……

厢坝名湖社区观日落

看过数次日落，
未曾有厢坝景象走心。
海拔一千五百多米的高程
铺展一片原野，似是而非的大坝。

风从南天湖赶来，漫不经心。
太阳悬于轿子山上空，
一轮圆月阔步显身，
端坐名湖社区头顶，与太阳对视。

月亮有些咄咄逼人，
太阳依旧从容淡定。
对天下万物的坦诚与公正，
毋容置疑，亘古不变。

屏住呼吸，凝视她优雅撒开裙裾，
向轿子山麓缓缓走去。
挥手抛出一抹绯红，
给涌来的夜擦拭眼睛。

厢坝的风

南天湖景区的清凉，
融入厢坝片区丛生的烘托。
避暑居住数日，
厢坝的风有些莫名其妙。

白昼，不紧不慢，
烈日灼心的正午，
悬垂的零星云朵
有时竟纹风不动。

子夜过后，来路不明的风
奔涌厢坝，交头接耳，
在社区窜访，窥视人间烟火。
无人推窗应和，丢下一串呜咽……

夏居厢坝

初夏至中秋，
厢坝意气风发。
陈旧的地势地名
戴着仙女湖镇的桂冠，
四季微笑，迎八方旅人。

酷暑难耐，
南天湖的凉爽
在厢坝头顶飘荡，
格桑花如火绽放。
风昼夜频频光顾，
携带的负氧离子抛洒一地。

紫霞东路两旁的小草们
开始枯萎，禁不住久旱的煎熬。
紫红色的蚯蚓偶尔出没，
我援救过几次，
小心翼翼将它们送回草丛。
仍有肥硕的身躯

被骄阳烤干,暴尸路野,
质疑旬子"上食埃土,下饮黄泉,
用心一矣"的千年论断。

南天湖借给云朵的水分,
立秋后分期偿还。
雨丝柔曼,薄雾蒸腾,
树梢排列组合的大小叶片,
青黄与紫红纠缠对峙。
终究抵不过风的牵引,
伴尘埃雨雪纷飞,
未必都能如愿归根。

看山山青,瞅水水绿,
风轻时云也淡,
雁阵来去自如,
不必翘首痴痴望断。
市井深巷,抑或际遇旧爱与新怨,
耳顺目明,心平如止水……

丰都，一生的牵挂

长江之滨明珠，
三峡波涛跌宕。
"巴渝神鸟"故里，
名山古刹无恙。
"唯善呈和"道扬，
武陵涌翠叠嶂。
"绿电池"输能量，
产业集群绽放。
无论身处何方，
夜望家乡月亮。

跨江大桥横亘，
千年文脉流淌。
移民江城画卷，
乡村道路通畅。
南天湖泛碧浪，
太平云海激荡。
雪玉洞胸襟靓，
龙河峡谷击掌。
九重天鼓回响，
丰都美名远扬。

梁平书（组诗）

七年后的遇见

七年未曾有痒，
依旧有初恋的心动与腼腆。
"七匹马"跨越的雄姿，
掠起石马山顶的风云。

"赤牛卧月"的足印，
掩隐于草坪，
嵌刻于正龙寺公园壁间。
瑞丰亭的眼神
注视着"万石耕春"
翻卷的画面。

集成电路产业园
荡溢出人工智能。
互联网孕育的大数据

五彩缤纷,
城市头脑焕发的慧光,
辐射分明。

高粱山分泌的津液
绕道张星桥过滤,
印制成双桂湖的封面。
五线谱灵动的路网 楼宇 林荫,
影影绰绰涌流的人群,
闪烁着产城融合与
绿色智慧凝结的姻缘。

双桂湖畔

高粱山端坐万年,
发须浓密,
未曾秃顶。
脉脉含情的眼眸,
观照出双桂新城
胸前的明镜。

蓝天　浮云　楼宇
游人与草木的葱翠，
一群群嬉戏鸣啾的水鸟，
渐次悉数入镜……

一片片荇菜，
穿越三千年悠悠时光，
簇拥着齐步走来。
未凸现"参差荇菜，左右流之"的基因。

依偎着波光粼粼的湖面，
绽放出朵朵灿黄。
一组组鲜活的动词，
拽住夜幕上闪烁的繁星，
泼黑　书写　镌刻
沁人心脾的画卷。

一阵阵清风徘徊眼前，
与我深情对视，久久相拥。
娓娓道出双桂湖的前世今生。
是夜，醉迷双桂湖畔，
与悬浮窗前的明月聊天。

悠然间，在澄澈的湖心，
我看见了自已满面尘灰的倒影。

百里竹海的笛音

用脚丈量你的长度
深邃得不可揣摸。
老骥伏枥的竹山，
横亘的脊背长满寿竹，
竹浪从头顶涌至幽谷。
竹簇的子孙们，
接肩比踵，
站列成一幅幅八阵图。

松柏参天，
红豆杉点缀其间，
仍禁不住南来北往的风牵引。
骨子里的虚怀，俯仰随心。
清风涌流，
问候络绎的游人，
倾身颔首。

峰峦搅碎了黑夜,
月亮起身隐退,
疏朗的星星站立山巅。
蛙鸣浑浊,
雌雄难辨。
遍野竹木开始抱团,
振臂抒情,
奏响让老鹰展翅
出窝的笛音。

梁山驿

风尘隐埋过的梁山驿
闪出一段纤细的腰身。
扼守蜀道,
沟通南北,
东出西进的古道,
锈迹斑斑,
抖落的风霜雪雨,
书写出满路传奇。

"一骑红尘妃子笑"的马蹄声,
自百里竹海的幽暗处响起。
陆放翁瑞丰亭上
"按歌舞"望长空的身影,
洋溢出浓郁的唐宋风韵。

百多年前
英国旅行家伊莎贝拉·伯德女士的考证,
留存下驿道峡谷廊桥与民房的照片。
不必写
硝烟弥漫的赤牛城,
抵御外敌的古寨营。
也不必写
真儒来知德
独树一帜的太极图,
瑞光千古。
禅宗巨擘破山海明,
西南佛教祖庭双桂堂,
蜚声中外。
文峰塔绽放的灵秀,
与悠悠青云相融。

千秋"万石耕春",
演绎着高梁山下的沃野平畴。

寺前石狮

寓居深山岩石万年,
闭目修炼,酝酿造型。
缘遇佛性能工巧匠,
咆哮的轰鸣
拽住来往路人的心。

沐浴开山清风,
忍着撕心裂肺的剧痛,
精雕细磨,钻花翻飞,
脱胎长骨,款款出笼。

蹲立寺前,人群簇拥,
昼夜昂首挺胸,
姿态威严,渗透呈慈容。
傲视百余年世事沧桑,
胸前的铃铛不曾摇响。

铃铛幻影成鼻梁，
狮头佛面，庙堂滋养。
背倚古树荫凉，
庙门　大树　狮座相距有章。

观风雨自在，
读行人的步履与彷徨，
静听晨钟暮鼓回响，
任寺前溪水远去，
膜拜升腾环绕的佛光。

夜吟双桂湖

此时的月亮与星星
被沉重的夜摁进深睡眠。
远处璀璨的灯火
摇曳出半张双桂湖的脸。

高粱山的头颅，
梳理出千年思绪
极目深邃的苍天。

大片荇菜聚会湖面,
伸出鹅黄的小脑袋,
演绎着湖光琴弦的浅唱与低吟。

雾气弥漫袅绕,
稀释了划过湖面的鸟鸣。
万籁俱寂泄漏的歧义,
被汪汪碧湖漂洗后消遁。
高梁山抖落的一地夜色
未曾掩隐双桂湖澄澈的眼睛。

金佛山云雾（组诗）

登临金佛山

串珠潭喊出的大小溪流，
峡谷峭壁间奔泄，
集结于金佛山西麓。
沉淀了僧人们
洗涤佛珠的尘埃。
碧潭明澈似镜，
映照着幽谷倩影。
水波随性不惊，
潜伏的蛟龙遁形。

五千尺高差联结的路绳，
在森林里苏醒，伸腰蜿蜒攀升。
石阶上苔藓层叠，
簇拥着抬头露脸，
张口吞噬枝叶间滴漏的光点。

薄雾弥漫蒸腾，裹挟清脆的鸟鸣。
结伴登山的同仁，不曾思退路。
拾级挥汗而上，途经险峭，
振臂长啸，抑或俯仰攀登。

仙踪峡烟波飘渺，
静心潭四周的石阵，
或立或坐，或跪或拜，
吟经悟禅，仙韵袅袅。
空门两旁峭壁耸立，
八十一步石阶点缀成隐喻。
梵音桥上仰观的飞瀑，
一路高歌中幻化，
震撼着桥下淙淙清泉的心。

丛林中的大树
自顾向天空延伸。
藤蔓依附缠绕
牵引小树们痴情观望。
枯而未朽之木不愿跌倒，
器脏轮回，生出的蘑菇蕴藏能量。
阳光斑驳，唤不醒沉睡的落叶。

读山吟水四小时时光,置身牵牛坪,
悠然见亘古金龟,惬意瞅暖阳。

金佛山云雾

风吹岭原始森林的雾霭
端坐挺拔葱茏的树梢,
俯瞰脚下层叠松软的落叶。
似乎忘却了
曾经的生命共同体。

风簇拥着风
将湿漉漉的雾霭缓缓托起,
向金佛山头顶的彩云看齐。

云与雾同宗同族,
姿态 色彩 位置与名号,
仰仗风的跑道与力道,
伴随天地酝酿的体温,
书写太阳馈赠的语言。

那夜，请苍茫赐教

夕阳憨笑，
隐藏进山坳。
金佛山体温清凉，
与络绎不绝的游人分手，
悠然仰卧
两千多米高的脊梁。
袈裟历经沧桑，
仍泛起金黄。
夜宿空旷的山岗，
心怀诗思
请窗外的苍茫赐教。

第一次窥见风吹岭
合抱之木的树梢，
伸进星空的胸膛。
风吹岭的千古疾风，
未曾吹落悬垂的繁星。
夜半深邃，

密林间荡出梵音,
弥漫在空灵的天际。
疲惫的星辰们
齐刷刷睁圆眼睛。

夏夜在连绵的山岭漫步,
云雾蒸腾,裹挟鸟鸣。
星光暗淡,天地连环。
忽现一星辰脱缰跳跃,
划破穹海,银波闪烁,
透视万物的心肝。
撕裂的天幕,
赓即被蔚蓝的浪花缝合。
不可名状的兴奋
与漫山杜鹃,
被习习清风融入平静。
期待硕大流星再次惊艳,
黎明追来,杳无踪影。
绯红的旭日已爬上山顶。

云都村的脉纹

金佛山脉的云层
五彩缤纷,
风吹岭的风,涤荡万年。
姿态绮丽的云朵,
聚集 会唔 相拥 食言,
各奔东西。

下山云聚木良乡者,
搅动山峦起伏连绵。
遍野站立的字句,
闪烁着平仄构建的绿韵。
清风书写云蒸霞蔚,
"三塘""九眼"吟咏云转之都。

云都村因云都寺得名,
云都寺乃清朝乾隆年间兴建。
几百年风雨沧桑,
云都寺厚重的遗迹与底蕴,

焕发的祥光愈发清纯,
演绎出金山风水的脉纹。

游　离

或站或坐的佛
严谨依序身居庙堂。
千刀万刻的石雕或泥塑,
镀金与否,肃穆端庄。

或高深或慈祥,
神目如电,不语自威。
络绎不绝的朝拜者
或虔诚或焦虑。

香火袅袅,祈愿难料,
罕有明心见性者渡浮桥。
躬身拜谒诸佛像,
心间欲望,将佛系的禅悟
游离至庙宇殿堂上空
悠然随风飘荡。

金佛山冬韵

风吹岭的风淌过千古,
大于或等于朔风。
携带那些意欲遮天的雪,
顺从风的轨道,
纷至沓来。

金佛山笼上了洁白的睡袍,
依旧仰卧安详,
泛着迷离的白光。
漫山松杉银杏杜鹃,
拥着倔强的石林取暖,
佩戴雪织的围裙与毡帽,
昂首静默,
悉数向神降临的金佛致意。

低处的积雪簇拥着
覆盖了底层的苔衣与枯草。
在柔软的阔叶与松针上横躺着,

不时发出莫名的浅笑。
躲避了高处的纷争与风狂,
静度林荫时光,
聆听溪涧远去的声响,
期待泄漏的朝晖与如血的斜阳。

金佛山油茶

金佛山脉可视域野
遵义市以北,綦江以南,
原著山民善煮油茶。
茶汤当口粮,
传说多元,古来有之,
其法传承有序。

山茶,腊肉粒,花生黄豆众兄弟,
有则参与,无则缺席。
相拥而坐,茶大哥做东,
拿捏文火,物理集合,
趋化学反应,你中有我。

无固定方程式检测演算,
香气氤氲,精力倍增,
俗称"干劲汤"提神。
岁月沧桑,山高水长,
村民们生生不息的干劲
与金佛山麓的云雾呼应着向上。

客头渡镇

金佛山南麓,湖光涟灵,
头渡脱了胎,换骨成青年。
渡口古老佝偻
折叠成蓝花,存入金山湖底。
腰身丰盈,容光靓姿,
绝非老美人涂胭脂。

黄昏与秋意公开了恋情,
自风吹岭携手赶来,
卷走夏的尾巴。
乳白的雾纷纷起身
左顾右盼,在半山跟风弥漫。

华灯凝视碧湖，
刀削的岩壁未唤起波澜。
露营房豪情付出的蘑菇，
仰望星辰，兀自蓬勃绽放。

过头渡的人稀疏，
驻足回眸，渡口渺渺。
众生芸芸，各有渡数，
水波不惊，莲花朵朵。
雕琢头一渡的心像，
红尘纷扬，冥冥自有船桨。

夜宿南川东街

"三线"文化基因，
东街民宿浓缩复原。
庆岩　红山　红泉　天星
诸厂遗传的精气神，
在摩天轮抛洒的霓虹中
闪烁显身。

夜半急促的马蹄声

弥漫深巷小院。
1949年冬月,
刘邓大军翻越白马山
抵达东街,解放南川,
万人空巷笑迎。

金佛山与凤嘴江
未曾止息悱恻缠绵。
金戈铁马踏出伤痕,
牵手南川母城袅漫的烟火,
镌刻入东街的墙垣。
夜缓缓伸展手指,戳穿雨雾,
撩拨出空寂的茫然乡愁……

山王坪（组诗）

山王坪

山王坪与金佛山守望数万年，
喂养荫佑各自的子孙。
"生态石林"的石头们
厚重机灵，随性幽会，
或站　或坐　或蹲　或拥　畅所欲言。
探讨　梳理　镌刻　渲染
第四纪冰川运动盛会的诗篇。
山王坪　天王坪与石达开
妃子墓传说的薄雾，
莽莽丛林时隐时现。

水杉与柳杉列队成群，
路旁　院落　山巅，
伫立挺拔，身躯威严。
同族同宗的杉树，

在风言风语中各执己见。
霜雪逼近,水杉涨红了脸,
柳杉不改苍翠容颜。
愉悦祥和之手,
默默将天赐秋色平分,
绘就"春秋同框"的绵长画卷。

杉林时光

杉树林是山王坪的标配,
杉树们交流的眼眸频频走神,
含情脉脉,欲言又止。
我坦率地臆测它们的心语,
潮涌初始记忆的闸门……

炎气在密林间消遁,
缕缕凉风,长袖漫舞,
露出褪去外套的倩影。
与挚友随性品茗畅叙,
任时光剥茧抽丝。

故事演绎的光晕,
粘附住碧翠的枝叶。
悬挂的满树坚果,
似夜空居住的星辰,
历历盈目,烁烁成趣……

立秋日晨之山王坪

夏的火炎烙红成片浮云,
镶嵌在水井山头顶。
露珠们在草尖打坐,
瞪大眼睛,接受晨光检验。

池塘睡醒的鱼群,
抬头聆听洒落水面的鸟鸣。
零星的玉簪花伸长脖颈,
羡慕满路醉鱼草燃烧出紫色火焰。

杉树们显得肃穆庄严,
思索秋衣何时更新造型。
一群风开始慢跑,身披轻淡薄纱,
在蔚蓝天幕,推演新秋的明天。

风电风筝

金佛山与山王坪的风
互吹亿万年，
有无互通，畅通循序。
跨入新境界，
"大唐风电"栽种的"风筝"
吸附了风的魔力。

风的方向，风的力气，
风筝的叶片起舞炫姿。
远观，连成岗峦风景，
近看，凝固风的筋骨。
风的血液挤在脉络中
尽情涌动，驰骋万里。

春的鼻息（组诗）

春的鼻息

照母山笼罩的云团，
被长蛇般的闪电吞噬。
几枚硕大的春雷滚下山脊，
柔曼密集的雨丝屏蔽。

窗外洗涤过的老槐树，
不经意间挂满了
嫩绿的诗句。
粘附于枝叶与花香的鸟鸣，
搅起满园春的鼻息。

与槐树对视

与窗外的槐树对视，
花簇出生的姿态与位置

由枝丫的高低决定。
朝阳与背阴的花，
绽放出槐的滋味。

结伴而来的小鸟，
枝叶间嬉闹，
辨不出尊卑的鸟鸣
洒落一地。

她每年满头白花，
我同步新添白发。
花絮终究随风飘零，
我的白发又在风雨中发芽。

槐树无言

伫立阳台，注视它，
间或给伸进栏杆的枝丫把脉，
已不介意木中有鬼者。

风雪夜秃顶摇曳，
立春季满头绿荫。

庚子二月怒放的那些花，
白中泛蓝，
一夜间挂满口罩。

辛丑春，阳光驮起
风的鼻息，
嗅住满树洁白。
仰视与俯瞰，
布满明亮的眼神。
几只雀鸟的抒情，
让一群慵懒的蝴蝶
缓慢清醒。

矿山绿韵

一串春雷
在铜锣山顶滚动，
几场喜雨唤醒
沉睡千年嶙峋的矿区。

它们伸展腰肢
从铜锣山的腹腔爬出，

成群结队,
伫立在铁轨　桥梁　机场
与大厦间谈情说爱。

分娩的阵痛与伤口
被绿色的药剂治愈。
碧湖吹出的笛音,
驮着清风的翅膀
在漫山碧林间缠绵……

过金刚碑古镇

黄昏,寒雨细如牛毛
潇洒纷扬。
街巷沿小溪延展身腰,
缙云山侧漏的温泉,
溪沟袅娜出热雾场。

峭壁矗立的古树,
硕大的根须裸露,
日夜将岩石拴住。

清康熙年以来的喧嚣，
沉淀入凹陷倾斜的青石路旁。

名门望族与深院宅巷，
民国暗夜的刀光剑影，
撕裂成云团，飘过
嘉陵江畔的盼归楼，
影影绰绰，聚散无常。

往事不都如烟，
尘封不了的游魂，
怀揣自己的密码，
盘旋在古树的枝丫间
窥探　疗伤　吐芳……

致长安民生

虎归丛林，兔跃新步。
跨过新年的门槛，不禁感叹
年遇高温限电，
供应链起伏波频，

新韵拾零

疫情防控，多重挑战汇集的汗水
化作一片紫雾，
紧随身后奔涌而来……
"全国五一劳动奖状"，
"新时代党建　企业文化先进单位"
"重庆市工人先锋号"等殊荣，
绽放出湿润的光彩。
数字化、智能化、绿色化持续赋能
赛美"心"服务　沁入客户心房。
"五心五领先"品牌，
闪烁着耀眼的莹光。

新时代、新趋势、新常态，
声声号角，阵阵马蹄，
催促"赛美人"逆水行舟，滚石上山。
狮舞的年华，疫情防控后时代，
按下了新时代列车快捷键，
长安民生，使命盎然。
"长安"也需思危，"长安"必定稳进。
降本　增效　优质　强能，拓市场，
经营创新　求绩求效。

体系、能力、精进、激励、约束,
管理高效　赋能提升。
扬长补短,砥砺前行,
长安民生已鼓满风帆,
"赛美人"的品性与智慧,
凝聚出强大的合力,
破急浪过险滩
勠力驶向朝晖熠熠的彼岸!

铜罐驿记略

铜罐驿与"城水驿""鱼洞驿""木洞驿"
对视后,挥手跋涉。
千年足迹,演绎
"重庆四大水驿"的传奇。

铜罐驿的铜罐
被万家灯火收藏,
纤夫们悲怆的号子,
赤膊上深勒的
连同一些商贾绎道,

折叠打包,沉入滚滚江底。
小巷凹陷倾斜的青石路,
弹唱出沧桑岁月的低阶音符。

陡石塔村周家大湾的柑橘林,
掩映着那座青瓦木结构院落。
革命先驱周贡植聚合的光与热,
充盈每个房间。
我屏息凝视,一片赤云
正由内向外袅娜升腾……

英雄湾村的遇见

夕阳的时针,拨出黄昏,
铜罐驿的喧嚣渐次沉淀。
"猫儿峡"的黑猫睁大眼睛,
嗅出来往者肉身的灵性。

千古江滨,任风霜涤淬,
挺直腰杆,昼夜护送汤汤东逝水。
英雄湾村平躺的那块大石头,

露出硕大的须根，
泛起褐色的光晕。

杨慎伫立的足印，
触动众多探寻者的心。
山林间弥漫的橘香，
先驱周贡植故乡
嬗变与新生，
在星星点点的烟火中，凝固了，
杨慎"转头空"的那根情弦。

新疆行（组诗）

过乌鲁木齐

拜望新疆的愿望
延滞了几十年。
七月流火，
燃烧的情愫
抖落在乌鲁木齐街旁。

新疆的太阳格外豪放
耿直勤奋，早出晚归。
蓝天悬浮的云朵
稳重老练，沉心静气，
随时准备与风握的剑击博。

烈日罩住街巷的榆树，
涌出层层绿波。
口渴难奈，依旧引吭高歌。

博格达峰集会的雪
清醒冷静,
持续为乌鲁木齐加持捧场,
日夜布施纯洁的瑞祥……

大巴扎的入伏夜

时针叫响夜间十点,
太阳刚刚收工,
月亮迟迟没有入座。
乌鲁木齐的大巴扎,
与白昼一样精神抖擞。
伏,面露难色,
独自在栅栏外徘徊。

街巷霓虹流淌,人头攒动,
维吾尔族青年的琴弦与歌唱,
柔软了游人的舞姿与心房。
西域商品情调,满目琳琅,
绽开笑脸,主人握手话别,
驮着天山抛过来的缕缕清风,
奔向心仪的茫茫磁场。

拜见天山博格达峰

博格达峰,鹤发童颜,
肩披袈裟,打坐亿万年。
分泌的津液,
洗炼成大块翡翠,
揣在宽厚的胸襟,
漫起蔚蓝的光。

群峦鼓掌,脉动恒常。
漫山苍柏,绿荫荡漾,
惊艳蓝天白云的目光。
举手投足彰显谦逊内敛,
仰首凝视,彼此会心微笑,
为神铸的"圣山"自豪。

马牙山即景

古冰川刨蚀遗作,
巴依的化身栖居山顶。

牛马羊群埋头啃食酥油草，
或立或鸣，惟妙惟肖。

零度发芽的种子
零下30度生死考验，
生命禁区里奔涌抗争。
雪莲　翠雀花　梅花草　金莲们
在高冷寂寞中渐次惊艳。

草甸　丛林　岩壁　石缝
仄逼土瘠，子孙延绵。
无需路人驻足赞叹，
无需牛羊蜂蝶围观，
风霜雨雪中演绎宿命循环。

盐　湖

正午时分，从你身旁走过，
伸过懒腰的脸庞，睡眼惺忪。
坐在山恋的那些白云，
正与你大侃自己的成分与功能。

达坂城的姑娘们
没有在古镇涌现。
她们的长辫子
已剪短封存。

吞吐的盐粒,
仰卧湖岸裸体瘦身,
齐刷刷瞪大眼睛,
等待说走就走的旅行。

穿越火焰山

火焰山的火,未曾熄灭。
七月的骄阳,
袅燃旷野。
烧红的山峦,
似半熟的高粱大馒头,
期待神的抚慰救赎。

千佛山巅的诸佛,
无惧高温蒸煮。
凭万年内在功力,

在火焰中禅定打坐。
慈眉善目，守护慰藉千佛洞
曾惨遭外夷掠夺的残破。

天山胸襟坦阔，
博格达峰解开一件外衣，
火焰山脚趾涌动绿的奇迹。
冷峻深沉，浓烈火燥的禀性
叙说冰火两重天的玄机，
流淌西域的千古演绎。

过吐鲁番

火焰山袅娜的火焰，
烘干了汗湿的衣衫。
吐鲁番盆底储蓄的泉，
爬上坎儿井的坎
颜值清澈，笑声咯咯，
洗却一路风尘。

冬眠历练过的葡萄藤们，

跨过风雨洗礼的架构,
踏着"七月流火"的步履,
拎着撩拨心弦的诗句。
徜徉其间,我看见缕缕紫气
欢欣雀跃,弥漫蒸腾……

葡萄沟的笑靥

吐鲁番葡萄树丛的根须
深沉稳健,探究着
盆地底部的肌理。
擎住茎与枝蔓,未曾匍匐。
火焰山掠过的风,
和着坎儿井的泉,
将簇拥的葡萄们烘熟。

葡萄沟举着的葡萄架,
错落有致,缀满星辰,
闪烁出剔透的表情。
来往游人,驻足对视,
舒展紫气东来的画卷。

叶蔓葱茏,隐掩不住
五彩缤纷的笑靥。

漫步石河子街头

拜读过诗坛泰斗艾青
《年轻的城》,心仪已久。
今日相见,依然血气方刚,
诗意弥漫,底蕴厚重深沉。

青年林,朝气蓬勃列阵
顶天立地成壮年。
碧树参天,拂拭悬垂的白云。
行道果树们牵手,
苹果杏子压弯枝头,
脸颊泛红,向驻足的路人点头致意,
彼此心有灵犀,相视微笑无言。

"军垦博物馆"展墙群星闪烁,
热血流淌,洋溢青春笑靥。
沉淀的故事与传奇
浸润络绎不绝来往者的心田。

明珠湖,睁大澄澈的眼睛,
注视城市的成长变迁
印映出农垦人别样的心境。

"雅丹"与"世界魔鬼城"交集

白垩纪,佳木河下游的乌尔禾带,
碧湖浩淼,水天一色。
湖周大树参天,水草丰茂,
乌尔禾剑龙　恐龙　准噶尔翼龙,
水族兄弟姊妹,各得其所,
奔走　交往　繁衍,欢聚一堂。

地球自助操,时有感冒咳嗽,
一块肌肤发炎起疙瘩,
枯竭一大湖津水。
砂岩与泥板岩纠缠抓扯,
揉出陆地瀚海,
后人冠其名"戈壁台地"。

台地居戈壁,未曾歇息,
万古风雨剥蚀,四季飓刀雕琢。

具像形态各异，栩栩令人惊奇。
夜阑沉寂,"魔鬼"东张西望游曳,
与"雅丹"亲昵相拥,呼号地球
实乃宇宙一颗微粒。
众生芸芸,敬畏"感冒"病变,
用情把赖以生存的微粒将息。

在禾木村邂逅慢时光

蒙古族图瓦人的祖先们
从游牧到此聚居,
也许是神的旨意。
仰视与平视绕村的岗峦,
不高不矮,一身青翠。

河谷平畴长出来的木屋们
像雨后的蘑菇群,
错落别致,对望成邻。
炊烟驮着鸟鸣轻袅,
原著民进取的轨迹敞亮。

山坡缀满花草,

黄昏身披金辉,
闭目诵经打坐。
悠闲的褐色蝴蝶,
相约在花朵间翩飞缠绵。

蹲在禾木河上的禾木桥
坦荡叙说百年沧桑,
鹤发童颜,面溢慈祥。
两岸簇拥的白桦林
站姿自在,怡然相向。

过往村子里的风,无拘无束。
马队的步伐不紧不慢,
牛羊们一边吃草
一边抬头向游人轻叫打望。

我坐在浅吟低唱的禾木河滨,
凝视斜躺青峰的夕阳,
不急不缓的清流,
泛着朵朵浪花,从心田潺潺流淌……

遇见雨中的喀纳斯湖

神赐的一大块冰种属翡翠,
厚重剔透,形如月牙。
阿尔泰山的兄弟们
系于腰间,捧在手心。
碧玉绽放的光
弥溢高山峡谷,
奎屯　友谊峰小心收藏。

新疆落叶松宗族,领衔站岗,
高大挺拔,布阵俨然,
日夜护卫神山净水。
游人络绎,雀鸟翻飞,
清晰的雨点疯狂亲吻湖面。
荡舟湖心,烟波浩渺,
不曾有"水怪"兴风作浪。

山间陡生成堆的雾团,
看不出它们是攀援峰顶,

还是要沉迷湖畔。
雨渐渐弱了下来，
阳光已在赶来的路上。
那些蹲在树梢的雾，
交头接耳，惊慌失措……

夜访额尔齐斯河

午夜零点，一睹芳姿，
血管里喷出你的大名。
多逻斯川，你的别称，
出生阿尔泰山南坡
富蕴境内加勒格孜嘎山地。

豪迈出门，福海　阿勒泰　布尔津
哈巴河诸地，成长修炼的故乡。
流连难舍，涵养情深，
泪眼汪汪，吟唱告别的歌谣。

跨进哈萨克斯坦的斋桑泊，
领略异域风光，融入鄂毕河。
参禅悟道，进住北冰洋。

二千九百六十九千米的履历，
中国唯一属于北冰洋水系的外流河。

我伫立廊桥，夜风清凉，
你的血液正淌过富蕴心脏。
万籁寂寂，月光霓虹洒落身上，
日夜兼程，未曾却步休憩，
九曲回肠，不愿卸下行囊。

目送远去的背影，
异国他乡，是否有过彷徨？
尽管北冰洋的房舍足够宽敞，
而我仍莫名感伤……

与可可托海有约

沿额尔齐斯河溯源而上
穿过戈壁，慰藉那位牧羊人的忧伤。
羊群点缀草坡，漫不经心噬草，
牧羊人迁居绿树旁的灰白毡房。

《可可托海的牧羊人》依旧

高亢　悠扬，云朵里
抖落几丝情的彷徨。
未见自伊犁返回的姑娘。

"世界地质公园"额头泛红晕
牵住游人诧异的目光。
"功勋三号矿脉"，
镌刻几代地质人与矿工的精神长相。
采掘的稀有金属
融入新中国的重器与脊梁。

沧桑流变，涤荡坚韧基因，
民族团结铸就"可可托海精神"，
额尔齐斯河的汩汩清流
峰回水转，源远流长……

山东行（组诗）

与趵突泉对视良久

过济南停留时短，
唯拜访趵突泉。
"趵突"乃跳跃奔突之意，
古泺水之源。
相貌怪异的地下石灰岩溶洞
长跑与拥挤中振臂而出。
《水经注》记载：
"泉源上奋，水涌若轮"。

民间有"不饮趵突水，
空负济南游"之说。
我停住脚步，彼此对视良久，
眼泉目瞪，汩汩喷涌。
瓣瓣泉花，清澈碧翠，
向四周舒缓翻卷。

蒸腾着气息的三簇莲朵,
笑脸呵呵,自在随性绽放。

乾隆刚劲的御笔
涟漪中伫立观望,
"天下第一泉"的晕光
罩着亭台楼阁,相映趣多。
甘冽泉水,从心田缓缓淌过。

过寿光巨淀湖

"三圣"滋养的光
田园林海荡漾。
历久与弥新,从未歇息,
描绘的大手,
望文生义的契合,
被"寿光"紧紧握住。

盐碱啃撕的斑秃,
自然与生态
融合成妙方,

点进穴位愈疗。
巨淀湖游曳的鱼虾
将湖底沉淀的密码打捞。

芦苇们生机勃发，
罩着大小"列岛"惺惺相惜，
无端阻扰的风，
见证着翻飞的雀鸟，
在芦苇丛激情缠绵
相向中羞涩轻叫。

岛心，貌似观景鸟窝矗立，
部分游人拾级登顶。
透过网格窗棂
与几只打坐的蝴蝶含情对视，
路过的鸟，瞅着笼中打望者
面露难以言说的笑。

又见崂山

记忆中已久违，
此番遇见，

看不见添加的年轮。
脚依旧把海蹬远,
根须编织出八阵图。

昂首与俯瞰,
无视阴云的不怀善意,
读出海岸线抛洒的秘密。

花岗岩石们拥挤着列队,
昼夜书写冰川运动
演绎的奇迹。
造型栩栩,多维灵性,
铸就动静相宜的德贤。

缝隙里抽身
头脑清醒的那些草木,
彼此不问年龄,
不打听隐私与来路。
道场森森氤氲,
分泌出剔透的禅心。

滨海拾景

晚霞,渐渐弥合蓝天,
海浪,仍在追逐嬉戏,
人潮,随海风稀疏漂移。

滨海步道旁的咖啡屋
有倦鸟穿窗掠过。
那位中年女性,
碰撞了少数路人的视线,
面朝大海,久坐步道边。
左边虚位以轻便塑料椅
右边拽着两只小狗绕膝。

若有所待与似有所失的眼神,
匆匆步履红尘,无暇理会。
浪潮与远方的寥廓,
放不下的混沌与执念,
黑夜逼过来的夕照
自会缕缕厘清……

拜谒孔庙

计划已久的拜谒
在诸多变数中得以成行。
"万仞宫墙"围不住"至圣庙"
绽放的缕缕慧光。

几间茅草屋的根基
演绎"杏坛"奇迹,
袅娜千古不朽的儒气。
半步《论语》治天下的机理,
旧时达官显贵
庙里庙外卑躬与屈膝。

古树森森,彼此顾盼,
传递出三千弟子的气息。
"金声玉振"在新老枝叶间回响,
绕飞庙堂的雀鸟,
不时长鸣相向。

夫子和颜蕴威,神目如电。

时光不眠

两千多年后的世事
洞穿与料定，
"万世师表"的思辨。

马车穿越半壁街
平稳地带起节奏。
蹄掌与青石板的共鸣，
呼唤着夫子周游列国
马车颠簸的视频。

游人与研学的青少年
鱼贯而入"弘道门"。
"智者不惑，仁者不忧"
握着"德不孤，必有邻"的大手，
驮住清风明月的翅膀
放飞泛舟四海，
择幽深处荡漾行走。

山西行（组诗）

拜鹳雀楼

声震海内外，相约甚久，
今来相拥，仍威严风流。
鹳雀踪影婆娑，
先师王之涣的足印，
被攒动的人群藏留。

"更上一层楼"的眼眸与胸襟，
融入黄河蒸腾的苍茫。
王之涣铜像前，
未见有人执意耍大刀。
依山尽的白日，早已回头，
正悬挂头顶，
催生光合作用，炽热的音符
追逐滴落禾下的汗珠。

谒关帝庙

至运城，闻知关公故里于斯，
心有戚戚，愧然不已。
关帝庙"肃气千秋"，
庙前铁柱大写的"义"，
铮铮根须，直插厚土。
光晕幽蓝，昼夜闪烁。

"绝伦逸群"与"文官下轿，
武官下马"并非传说。
康熙"义炳乾坤"御笔，
乾隆"神勇"钦定，
都成后话叠加。
"关庙之祖""武庙之冠"
映照着"春秋楼"释译春夏秋冬。

忠孝节义，神勇武威，
生为人杰，死亦鬼雄。
帝王将相，巷陌妇孺，
庙堂与江湖反复切磋，

演算出最大公约数。
关公或站或坐，神目放电，
"忠、义、仁、勇"凝固成内核
契合儒释道交集的肌理。
帝庙芯片，关公魂魄亘古。

秋风楼

楼满秋风者众，斯楼尤殊，
缘汉武大帝刘彻《秋风辞》。
黄河西横，波滔沧桑。

武帝六次巡幸河东，
五次亲祀后土，古之罕见。
秋风　白云　草木　雁归，
兰菊　佳人　楼船　素波，
箫鼓　棹歌　欢愉　哀情，
触发大帝"奈老何"之喟叹。

千古悲壮绝调，
数后贤驻足追念，
扫地坛上建楼，

刻碑恭置，随清风景仰。
苍天厚土，人世渺渺，
中条山绵延，大黄河汤汤。
悬浮簇拥的团团云雾，
彼此东张西望，随风任性游荡。

运城寻根

古称河东，襟山带河，
神铸晋陕豫黄河金三角，
孕育早期母亲河文明。
星火点点燎原，
悠悠华夏，于斯植根。

中条山脉横亘，
划开中原与西北，
遥望华山袅娜的灵气，
母亲河润泽中华繁衍。
河东盐池，生生不息，
4600余年开采史。
运城，盐运四方而名。
盐池调和色彩，

书写浓墨波澜诗篇。

舜帝巡盐池,
抚五弦以歌南风言志:
"南风之薰兮,可以解吾民之愠兮;
南风之时兮,可以阜吾民之财兮。"
众庶闻之,无不动容。

蒲津渡蹲守的黄河大铁牛,
风霜雨雪中俯首负重,
诉说着开元盛世黄河大浮桥的兴衰。
永乐宫恢宏的仙境壁画,
李家大院别致的哥特式建筑,
融合了中西文明元素。
先贤的智慧与历史的波澜壮阔,
在无数起承转合处沉淀 变迁 流淌。

应县木塔

佛宫寺释迦塔,
中国现存最高最古老木构塔。
唯一的木结构楼阁式塔,

无钉无卯，"斗拱博物馆"赫然矗立。
法国埃菲尔铁塔　意大利比萨斜塔
誉为"世界三大奇塔"。

慕名拜访，血涌胸膛。
"远看擎天柱，近似百尺莲"。
历经何等的沧桑，千岁安然无恙。
风雷不动，虫蛀不腐，地震不斜，
枪炮击之，岿然无惧色。
"峻极神工"与"天下奇观"
诸御笔匾联，幽幽闪光，
刺破无数纸包的魔方。

明层夹暗层，刚体连柔体，
斗拱与卯窍，筋骨浑然。
笃定同心，手攥住手
铸就"天宫高耸"呈"天圆地方"。
"应州"风起云涌，变幻无常，
百千斗拱，静察世态炎凉，
斗转星移，依然如莲绽放。

新韵拾零

打卡快乐村

朔州市山阴县快乐村,
一敬重的兄长故里,
镶嵌于红桃山与太行山脉间。
桑干河穿流而过,修炼着性情,
原来的大片滩涂地
躺在丛林与芦苇下,
笑声朗朗,甜蜜度日。
河水不再泛滥任性,
与快乐村旁的湿地公园
和谐相处,相伴为生。

仁兄生于斯长于斯,
山的性格,桑干河水的品性。
快乐村的文脉基因,
铸就了他的仁善与坚韧。
睿智 坦诚 幽默 乐观,
一方水土育一方人。
阳光在桑干河面奔跑,
我的认知愈发清醒笃定。

万年冰洞

脱胎于山西宁武县
芦芽山魔地沟，
2230多米海拔的山腹，
蕴藏着中国最大的冰洞。
蓬勃生长繁衍300余万年，
三尺冰冻，在此属"小儿科"。

洞口之下探明
错落五层，奇彩冰纷。
至三层，垂直高度超百米。
口小洞深，陡峭而行
呈大口袋布局。

游览探访者众，
冰柱　冰帘　瀑　花　笋　葡萄　冰佛
数十种形态，栩栩纷呈。
偌大冰柱矗立中庭，
忽有冰花绕围飘动。
穿行洞中，如幻入梦。

"中华一绝，世界奇观"，
新生代第四纪
冰川运动盛会杰作，
热冷气流对撞言和。
络绎者驻足惊叹，
目瞪与口呆成常态。
万年之冰，凝固不化，
剔透出肃然敬畏与思索一串……

青海行（组诗）

徜徉茶卡盐湖

经历怎样的沧海，
铸就如此俊秀的面容，
你的体味，结晶出剔透。
"中国青盐故乡"
携手"天空之镜"的美誉，
绝非浪出的虚名。

映照苍天涌动的星辰，
拍摄来往游人的本真。
尘世幽暗的角落，
祈盼有滋有味的明镜。
湖周山顶堆积的白云，
俯瞰延展的须根。

风轻云咸的秘籍，

缘于同宗同族的血脉。
或站或坐或躺的云们，
携带了湖心的基因。
盐赋予翅膀的斤两，
静待相呼涌动，恣意飘荡。

过青海湖

越过柴达木盆底
驱车灵动的环湖道，
偌大一片玻璃种翡翠
无缝镶嵌高原。
油菜花簇拥摇曳
青稞们抬头张望。
草原广袤，金黄与碧绿闪耀，
为翡翠镀上一道彩边。
光晕温润蔚蓝
粼粼蒸腾，撩拨澄澈的蓝天。

抵达胸前，时近黄昏，
天边的白云正燃成火焰。
游船末渡逐波，

水鸟结队翻飞。
湟鱼成群浮出水面,
与游人嬉戏对视后转身。
湖畔的喧嚣渐次停顿,
湖面依旧泛着盈盈笑脸。

青藏高原神秘前生
与转世后的多元,
湖在兼收中消解并蓄。
冷静 深沉 内敛 理性 ,
不跟风起哄致灾,
无数过客驻足汗颜。
下弦月又爬上日月山顶,
映出倒淌河纤细的皱纹。
文成公主回眸长安的热泪,
隐入青海湖镌刻的诗篇。

夏客西宁

与青海的约定
延滞了十多年。
西域故郡,青藏喉咽。

"茶马商都"美名,
粘住唐蕃古道与丝路津要。
"河湟谷地,西陲安宁",
诠释青藏高原
璀璨明珠的昵称。

漫步老城市井,
探寻两千多年积淀的古韵。
虎台遗址与塔尔寺壁画,
青海大通段明长城,
丹噶尔古城留存足印。
日月山俯瞰飘动经幡,
南山凤凰亭沐浴日辉的浪漫,
西宁的前世今生,
络绎不绝者,惊叹心揽。
"中国夏都"滋生缕缕清凉,
孕育出浓郁的七彩斑斓。

临窗听蝉

窗外的老槐树枝叶葱翠,
看惯了"七月流火"的脚步。

注视着纳凉的人群，
对"木中有鬼"的质疑
一直缄默不语。

静观飞鸟栖息，蝉附高枝。
蝉善隐身，叶片传导嘶鸣。
静心辨听，音色茫茫。
长调短调，低高音部，
合奏或独唱，
与酷暑燥热对峙，
一泄喷涌数里。
匆匆行色者，充耳不曾细思，
驻足鉴音者，捡拾满树缤纷。

兰州遇大雨

兰州雨少,地理使然。
初来乍到,上午炙阳悬空,
午后雨大如豆。当地友人云:
十多年未见此雨状,
满城翘首欣喜。

雨,大细交替,较为理智。
风,东西拂摇,飘洒均匀。
水,平地流淌,入土不等。

街巷市井,山川林木,
淋浴洗尘,雨雾载着笑语纷飞。
车水伴马龙,母亲河畔蘑菇起伏。

大小溪流,悉数接纳,
梳理俱下的鱼目与泥沙,
九曲跌宕,滔滔向东。

白塔与中山桥昼夜瞩目,
"黄河母亲"雕塑诠释底蕴,
游人络绎驻足回眸。
两岸绵延的霓虹与喧嚣,
奔腾的波涛自会解读,
悬浮与沉淀,冥中各就归处。

东北行（组诗）

中秋夜客葫芦岛

老屋后山巅上悬挂的圆月
注定伴随我一生。
星光微弱的暗夜，
从怀里抱出，举过头顶
照亮崎岖的山路前行。

中秋夜，高铁抵达葫芦岛
踮足回望家乡的那轮月亮。
她已随风飘来
沐浴畅游渤海，
踏着海里葫芦的脊背，
爬至城郊的树梢。
肌肤剔透晶莹，
泼出水灵灵的银光。

彼此驻足凝望，

眼眸之间的距离
罕有如此同框，
脸庞泛起热浪，
倍思躺在荒岗上的爹娘。

初识东北澡堂子

东北澡堂，源远流长。
全国洗浴看东北，
东北洗浴数沈阳。
金融中心居上海，
洗浴中心东北彰。
体验思之，此言尚未呈阳。

澡堂子穿上
雅俗各异的衣裳。
大似城堡，小则店堂。
名号文雅响亮。
温度不等的大小水池
雾气蒸腾，氤氲袅袅。

泡　蒸　搓　淋　躺　喝

流水线作业有条不紊。
喧嚣　浪花　喊号　搓揉拍打声
大小锅里的饺子，此起彼伏。
皮带哥　名表门　西装革履
草帽　钢盔　，悉数沉入池底，
大腹便便与瘦骨嶙峋浮出水面。

大同与小异，自顾不及。
任何感觉良好与气场营销，
不会引人注目赞赏。
搓揉皮囊者济济一堂，
涤荡灵魂者，独自缄默疗伤。

览东北虎园

园名定位较为浩荡，
游客慕名鱼贯而入。
与长春净月潭比邻，
园内动物门类分专题隔居。
亦车亦步，熊猫馆单独成篇，
做前滚翻的那只憨态可爱，
另有两只抱着暖阳呼呼大睡。

牦牛　鸵鸟　水獭　狐狸　梅花鹿
非洲狮　黑熊，各有代表若干
分圈而居，临栏相望。
时光徜徉，未见龙吟虎啸。
聚焦穿行养虎区的封闭观光车。
虎威凛凛，必深居简出，
虎入圈场，宜层叠布防。

偌大的圈虎区
罩着零星的数位老虎。
虎虎生威只悬在游人心上，
或躺或趴的虎背熊腰
全然不理会参观者的点评与喧嚣。
一只大老虎睡眼惺忪，
对视中的隔膜与辜负，
纷纷坠落林丛。

曾几何时，非洲狮与东北虎
同处一隅，彼此相安无事。
狐不假，虎也乏威，
虎威不及"东北虎园"之响名。

天台山即景

徐霞客三登天台山的足迹
在古道深处扎根叠印。
《游天台山日记》打开了
《徐霞客游记》的大门。
明代那个英姿勃发的身影,
手握天台山的一串密码
穿越华顶丛林,
掠过千树万花闪电。

谷壑长出的雾气
争先恐后向华顶弥漫,
归云洞口徘徊,
湿润了葛玄的衣衫,
肆意与如织的游人纠缠。

杉树笔直列阵,

凝视漫山杜鹃的笑靥。
常青藤紧抱佝偻老树的颈
尽情缠绵，
黯淡了路人的脚步声。

沸腾的茶香袅过屋顶，
窗外洒落一地鸟鸣。
来来往往的浮云，
从不对它俯瞰的事物说再见。

夜宿邻水铜锣山

行走至邻水
腰间那件藏不住的铜锣，
被华蓥山涌来的风敲响。
园中蓝莓泛紫，
蜜蜂无言归巢。
鸟鸣合弦，薄雾粘附叠嶂丛林，
霞光笑靥，"三山两槽"成永久跑道。

仙女湖装不下那轮皓月，
沐浴后的仙女们，无踪无影。
篝火不假思索，独自燃烧，
无头之绪织出的面罩
已化为灰烬。
露天的歌谣与心事，
回荡铜锣山麓，
凝视幽幽旷野，
竟无一处可逃。

无 眠

床头灯眯着眼睛，
注视洞穿后山的小窗。
一只蚊子引吭盘旋，
慈悲抑或兴奋，
寻觅平稳着陆的点。

那只夜莺蹲守窗台，
舒展身姿，扑腾翅膀，
难掩温馨微笑。
阵阵撩人的低吟，
漫过草丛树梢。

仙女湖顿起波滔，
追赶袅婷的紫雾
相视不语，身心激荡，
禁不住搂紧铜锣山的腰……

江 岸

丁溪至高家镇,
横渡与斜渡之两岸
融入血脉的长江线段。

第一次拜见浩浩荡荡的裸身,
第一次惊艳大船破江呼啸的幻影,
第一次俯身触摸
一滩鹅卵石浮沉后的静音。
那时不谙真愁滋味……

南岸地势坡缓,
草木谷物,各得其爱,
沐浴江风自在。
玉米棒子披挂的发须,
红白相间,基因主角未变。
橘树喋喋报怨,
桃李笑而不言。

北岸青山延绵，
愈发威严苍劲。
昼夜脉脉含情，
叮嘱绕脚的江水，
目送远去的背影。

携带着溪河，未曾返回。
海的心，滋生禅音，
袅娜苍穹，碧净澄明。

初见明月湖

黄昏正从容逃逸，
湖畔的林木与巴茅们
构成难解的几何暗示。
低飞的雀鸟回眸
蝴蝶流连的踪迹。
幽径旁的那些藤蔓
攀缘上一株凸兀的树，
左边的枝丫被紧紧缠住，
伸展的右臂在暮霭中比划。

醉眼惺忪的枫树红得发紫，
顾盼风温情的轻抚。
湖岸零星的楼宇
象蹲着发呆的空巢老人
守着忽明忽暗的烟火。

湖面漾起微澜，
蒸腾的夜雾，缀出长幕，
高山与流水互鉴韵律，
沉寂的月亮早已被湖水煮熟。

又见外滩

黄浦江被午后的暖阳
染出层层递进的黄浪。
来往舟楫行色匆忙，
我却拽住了一片慢时光，
在溪流里捉波徜徉。

未能见高山，移步皆近景。
西面站立的哥特 罗马
巴洛克式的楼宇们，
复述着"十里洋场"的风雨，
目送频频翘首的人群。

"东方明珠"眼蕴温情，
向上苍溢出蔚蓝的秋波，
映着陆家嘴明亮的笑靥。
外滩平躺的石板们，
纷纷解锁明心见性的密码。

过武汉

那年那几月的阴霾，
粘着"新冠"的嘴脸游窜，
弥漫着痛彻心扉
与日夜鏖战。
我曾独坐楼台，
凝视径飞的鸿雁频频期盼。

龟山与蛇山深情对望，
千古黄鹤翩跹的姿态，
愈发妩媚动人。
昙华林古院落的刀光剑影
被昼伏夜出的喧嚣隐没。
"茶颜悦色"的辨识，
吸住陈旧的墙壁晃荡。

园博园的生机，
律动中勃发，

吞噬了霾气与雪霜。
争奇与斗艳，正伴春风荡漾。
"武汉有戏"在露天戏台演绎，
旧事新说，古装靓服，
渗透出各自的淋漓尽致。
往来的针线缝缀古今，
江湖善藏戏，
戏愿入江湖。

拜读黄鹤楼

恢宏巍峨的丛书
身躯深沉厚重，昂首蛇山。
伫立楼脚仰望，
看不尽云雾里
流淌智慧的头。

展翅欲飞的硕大仙鹤，
储藏着先贤们的足迹
与峰火起伏的串串密码。
络绎不绝的登楼者，
寻觅 探听"昔人"的步履。

云雾，悠悠千载轮回，
江水，依旧汤汤向东，
碧空，笑看孤帆消遁的行踪。
大桥如虹，飞贯南北，
车马蚁群，过往舟楫频发。

林木伴楼宇森森,
街巷延伸的底蕴
稀释着风土人情,
嵌入一幅幅水墨画卷。

登斯仙楼,梦幻叠印。
古树间鹤声袅娜,
楼廊人头攒动,琴瑟和鸣。
日月,更迭映照江天,
清风,亘拂青山不眠。

赴约姑苏

赴约心仪已久的"姑苏",
陪大运河漫步,流连徜徉。
舟泛河心,城立两岸。
粉墙托举黛瓦
石径贯串幽境,
亭台凝视楼阁,
街巷喧嚣,人影熙攘。

大院历经的明争暗斗,
小楼滋生的锦囊妙计,
连同吴越争战的金戈铁马
悉数折叠打包,
沉放古运河床。
码头 古桥 城墙的砖石
镌刻着沉淀的烟火,
古运河文脉蕴藏的密码
释放蔚蓝的慈善晕光。

吴门桥躬身匍匐，
脊梁伸缩的弧度
累积千年云集的脚步。
面朝河身，背负苍茫，
静观碧水昼夜流淌。
前赴后继，一路放歌，
风雨雷电，穿堂而过。
无所谓宠与辱，
不思惊与诈，立稳阵脚，
缄默成本分，焱凉伴寂寞。

船仓载满了诗和歌，
频频从窗口溢泄。
静谧的河面
闪烁出碧水环绕青峰的画卷。
"北看长城之雄，
南看盘门之秀。"
"江南园林甲天下，
苏州园林甲江南"，
绝非浪得美名。
沧桑洗礼的波光未曾嬗变，
霓虹簇拥古运河浅唱低吟。

照彻古人的圆月，
被大运的微澜煮得透亮，
惊艳着"姑苏"芳华的脸庞。

寓居博鳌镇

冬日午后,博鳌镇暖阳
吐出的热能,
大于渝州,小于三亚。
椰风海岸L栋17楼露台的视角,
越过小镇天际的轮廓。
延伸至海岸的两条通道
象文胸的吊带,
拽住博鳌坚实的臂膀。

分娩了红日的海,
顺从天蔚蓝的大手亲抚,
舒展身躯,面庞深邃朦胧。
胸脯起伏,聚合的鼾声
在子夜恣意轰鸣。

街道两旁成群列队的椰树,
与海边那片椰林,

争先恐后将自己的子女
举过头顶，或拥在胸前，
遮风挡雨，宠爱亲昵。

坚硬的壳里荡漾着乳汁与血液，
储存着不同的命理与契机。
坠地的时辰与生根的缘由，
不仅取决于海风的魔性
抑或厚土无形的引力。
穷一生心智，难以走出
时光浸泡后自塑的幻景。

后　记

《时光不眠》是近几年来用心书写的绝大部分新诗的合集。200余首诗中，多数发表于报刊及诗歌公众号等平台，入选了年度优秀诗歌等几种选本。承载着我所经历、见闻、感悟、行吟的一些或深或浅的生命体验与生活情愫。时光不言，时光不眠，时光在自我疗愈中不老。她平和公正，俯仰天地，注视着芸芸众生的万千姿态，令人敬畏而难以捉摸。

《时光不眠》的结集出版，得到了业界一些老师与朋友们的支持帮助。著名诗人、作家、诗评家、中国作家协会诗歌委员会原主任叶延滨老师拨冗作序鼓励；著名诗人、诗评家唐诗老师写叙评推介鼓励；著名书画家卢德龙老师欣然为本书题写书名；重庆出版集团一如既往地用情用力组织设计、编辑、校稿。这些我都铭记于心，深表敬意谢意！同时，感谢家人一直以来的默默奉献支持，感谢小孙子常习之带给我的一些快乐与灵感；感谢一路走来的朋友、同仁与热心读者的关心、支持、鼓励！感谢周纯兵、董力等年轻同仁在校稿与出版发行方面付出的辛劳。这些都是我执着文学创作的不竭动力。恳请业界老师、同仁及读者朋友们继续关心、批评指正。

翁宜茂
甲辰年春月